古茶布安的獵物

沙棠——著

目次

獻給我辛勞的父親李汪偉先生
父愛如山

【各界名家好評】

以娛樂小說模式精彩的描寫出屏東舊好茶部落風光與原民歷史文化，劇情緊湊刺激、角色刻劃生動，乃台灣新世代小說家不可多得、深耕在地的優異作品，十分期待後續發展出電影、戲劇的改編，真正將台灣的文化，觀光及影視結合成為觀光產業的特色。

——吳明榮（屏東縣政府文化處處長）

如果英國有夏洛克・福爾摩斯，法國派亞森・羅蘋，日本推金田一耕助，那麼福爾摩沙就需要個李武擎，透過文字藝術帶領我們一起抽絲剝繭、不可置信，最後一起豁然開朗，一起BRAVO。

——王士銘（刑事警察局偵查員）

與前作《沙瑪基的惡靈》一樣，我非常喜歡沙棠的文字，應該是近期最喜歡，很平實，但需要深刻的時候又可以狠很地劃一刀，我很喜歡沙棠在幾個段落對角色的「側寫」，感覺每個角色都可以發展成一篇短篇小說，像吳念真那些人那些事那樣。

——李柏青（推理作家）

有種在人類基因裡潛伏百年的病毒，讓人瘋狂需要故事，而這本小說，是唯一的解藥。

——蔡文騫（醫師、詩人作家）

序幕

眼前這顆巨石可能有上百噸，高度約三公尺，遠遠望去彷彿一座尖型碑，立於一片短草中間，周遭有茂密的參天大樹環繞。

一開始他們曾嘗試用最簡單的方式去挪動它：砸碎，繼而搬除。但巨石實在過於堅硬，鑽頭在侵入岩體沒多久便卡住了，撤出工具一看，赫然發覺鑽頭已然損毀。不過沒關係，要挪動巨石的方法還有很多，最後他們權衡狀況，決定利用化學膨脹劑將其裂解。

裂解巨石的膨脹劑工法，俗稱無聲爆炸工法，這種無聲炸藥會在注入巨石後約一小時開始作用。首先，他們挑選巨石的垂直文理處，每隔三十公分鑽一個孔，接著把加水混合過的化學膨脹劑灌進這些孔洞中。膨脹劑會在孔洞中產生化學反應，迅速膨脹，其產生的壓力會從巨石內部沿著文理崩裂，到時候只要從外部稍微施力便可逐步剝開岩體。

在等待膨脹劑產生反應的過程中，擔任這項工程負責人的陳斌沒有預料到這天會是他與新婚妻子永別的日子。

他和其他三名工人一樣，都是接到案子到山上來，負責移除這顆巨石。他們只需要把這顆巨石處理到可以分批搬運的程度，至於要清運到哪裡，似乎不在他們的工作範疇中。

他們一行四人坐在旁邊樹下，脫下臉上的防塵施工面罩，望著巨石，間或交談觀望著膨脹劑的反應。而雇用他們的男人仍然一臉漠然，隔著一段距離，直挺挺站在那兒觀察他們工作。

他們都是至少有十年施工經驗的人了，突然被叫去沒有人煙的山上處理巨石，自然不會不問原因。那出高價的男人只是曖昧的說擔心巨石滾落，傷害到登山客，不過他們一致認為這個男人或許是想偷偷蓋個違建之類的，要不然就是打算整地，找個好價格出售。最近這座山傳出有建商入駐後就不太安定，一些小道消息不脛而走。

一小時後，巨石上頭出現數條裂解的空隙。一般聽不見無聲炸藥在作用的細碎聲音，或許是因為山上比較僻靜的關係，他們在這段時間內倒是首次聽見——那細微得有如骨頭斷裂的聲音。

觀察裂解的狀態差不多時，他們拿取工具，依序鑿開巨石。又過了將近一小時，他們終於將這顆巨石碎裂成上百塊的石頭，像是在鋪陳一片石海。

施工即將完成之際，他們都已氣喘吁吁，沒注意到那男人走了過來。陳斌差點被那男人鬼魅般的行徑嚇了一跳。只聽那男人指著地上一塊大石頭，說道：「把它搬開。」

四人朝著男人的指向去看，看見的是巨石基底剩餘的最後一塊大石。估計這塊大石約有上百公斤。他們面面相覷，似乎一時之間不曉得男人話裡的意思。

「只要把它搬開就好，我要看它的底部。」男人又說。

石頭底部有什麼好看的？儘管抱持這種疑問，他們依然照著男人的吩咐去辦。陳斌拿了電鑽，鑽動大石和地面的交接處，盤算著可以將石頭撬開地面。可是鑽頭才剛啟動沒幾秒，他忽然感覺手下一鬆，趕緊把電鑽關了。

「怎麼了？」另一名工人問。

陳斌一臉困惑。「我怎麼感覺底下好像是空的？」話剛說完，他就瞥見男人悶不吭聲斜了他一眼。

「怎麼可能啦！」

那工人笑著拿起電鑽，從另一面鑽進了大石底部。陳斌摸摸腦袋，心想大概是自己累壞了，於是也再次啟動電鑽。數分鐘後，他們兩人合力利用鑽頭刃部槓桿般翹起大石。

扣！大石往旁邊滾了一圈，在泥土地上砸出一個凹痕。

「居然真的是空的！」有人驚訝地說。

除去巨石的基部，底下是一個約略半徑五十公分的圓形缺口。他們站在缺口往下看，覺得彷彿在看一口極深的井，黑漆漆的，望不見底部。

「這就是你讓我們過來搬動這塊大石的理由？」陳斌首先反應過來，問那男人：「這下面是什麼地方？」

男人沒回答。接著，其餘三個湊近缺口的工人們忽然哀嚎起來。

陳斌扭過頭，瞧見同伴們抱著頭、倒在地上痛苦打滾的樣子時一臉意外。

「咦？你們……」鼻尖聞到的異味，讓陳斌立刻驚覺——似乎是硫磺！長年的工作經驗告訴他，倘若是高濃度的硫磺會在不到一分鐘的時間就奪去人的意識。陳斌立刻想到放在樹下的防塵面罩，指望面罩或多或少過濾掉空氣裡的硫磺毒氣，可是他剛邁開步伐跑沒幾步就重重地摔倒了。

劇烈的頭疼，呼吸急促，然後中樞神經麻痺了，這也就是他們之所以無法動作的主因，過不了多久，他們這些人都會因為硫磺中毒產生的化學反應，使體內細胞缺氧，最後窒息而死。

陳斌朝擺在地面上的防塵面罩伸出手，強烈的求生意志讓他匍匐在地又爬行了一段距離，就在他拿到面罩的瞬間，有隻紅色的手掌忽然抓住他的手腕！

陳斌嚇得全身抖了一下！視線下意識看去，沒想到竟會看見這輩子他最不想再回憶起的一張臉——

「你這個懦夫！」

那張額際染血、雙眼突出的臉朝他湊近。

「不、不不！別過來！不要……」

陳斌慌張叫著，幾次甩手想甩開對方。他的腦海浮現年輕時在工地的自己，自以為將來可以脫離藍領，有一個發光發熱的舞台，於是便對自己分內的工作懈怠了。那個人就是死在他的疏忽下，故障的高空安全帶沒有發揮作用。一秒後，一具成年男性的軀體像爛泥巴一樣糊在滿是塵土的地上。

「放開我！不是我的錯！」陳斌大叫。

「是你的錯！本來就是你錯！你沒有承認錯誤，反倒冤枉是我自己沒注意！」

「啊啊啊！放開！」他急著想把面罩戴上，可是染血的手仍不放鬆。

「你騙了所有人。以為我會放過你嗎？」

「啊啊——！」

陳斌嚇壞了。這件事他躲避了將近十年，好不容易才忘記，為什麼忽然又出現了？

他沒有任何逃脫的機會，斷裂般的扭曲雙手猛然抱住他，血跡全蹭到他全身。他瞪著猙獰的臉，難以言喻的恐懼就這麼麻痺了他的喉舌，連呼救都叫不出聲。當他被撲倒，任由身上的骨頭一根根遭到折斷，他無能為力，只能承受這個冤魂施行的恐怖報復。

這是假的。他知道。

雖然一點也不痛，但恐懼與無助用力鑽進他的心底。

陳斌不自禁地渾身發抖，腦海隱隱約約知道這不是真的，是幻覺？又或者他真的誤闖了現實與地獄的接口……

掙扎間，陳斌餘光掃過不遠處三名同樣倒地不起的同伴，也察覺了自己的位置。原來他根本沒有拿到面罩，也沒有逃出那詭異的井口幾步。然而唯有那雇用他們的男人仍站得直挺挺的，毒氣似乎對他不起作用。

「你……救救……救我……」

聽見陳斌發出微弱的痛苦呻吟，男人轉過身來，以一種堅定不移的冷漠眼神望著他。

「——墜入地獄吧。」

在完全閉上眼睛之前，陳斌彷彿看見男人的唇形如此緩慢地、無聲地說。

第一章

1

——一八一四年，古茶布安

祭司洛安正在為早夭的嬰兒祈禱，希望祖靈能引領這可憐的小小靈魂回去他們的聖地。魯凱族的他們相信靈魂不滅，一旦身死，靈魂將會回歸聖地巴魯谷安，與祖靈一起在那塊安棲之地內永存，不過邪惡的靈魂將被拒絕，並且永遠被放逐到隘寮溪北部成為孤苦無依的遊魂。這也是魯凱族人安身立命的主因，他們一生都在尋求內心與靈魂的和平寧靜。

夭折嬰兒的父親沉痛地望著孩子的軀體，為他獻上準備已久的手織衣袍。嬰兒的母親強忍淚水，冀望將來她的大限來臨，母子將會在聖地團聚。

這已是他們第二個早夭的孩子，這讓他們夫妻一度懷疑兩人遭受到神的懲罰，但祭司洛安否認了這項說法，並在深思熟慮後，為他們將來的第三胎取了一個名字——庫贊。庫贊在族語裡是指粗糙的米糠，洛安打算藉此向神表達最謙卑的姿態，祈求這弱小的生命得以延續。

跟在祭司身旁的七歲女童達杜拉妮仔細觀察著這一幕。她出生在史官之家，將來勢必承襲父親的職位，成為族裡的史官，記錄有關古茶布安的一切，然後持續將她所擁有的一切傳遞給下一代。

屋內的焚香靜靜燒著。

或許是時間久了，達杜拉妮有些分心，視線不由得凝視著後方的那縷白煙。她忽然想起沙布拉，那個她十分喜愛的青年。換做平常，這時候她應該和沙布拉一起到水邊去，捉魚或者摘花都好，反正跟他相處就是開心。如果可以，她真想和他一直在一起。可惜三天前，沙布拉被選為神石的祭品。他們都知道這一別就是永遠，大概再也無法相見，只能和所有族人篤信的那樣，祈求死後靈魂回歸聖地相聚。

為神石獻上祭品是流傳已久的祭祀儀式，神石內寄居的大神壓制著瘟疫之風，不讓瘟疫蔓延到古茶布安。達杜拉妮讀過記錄，她的先祖曾記載著古茶布安一度遭受過瘟疫肆虐，所有受感染的人臉上冒出黑色膿泡，猶如鬼臉，膿泡蔓延到全身後將會渾身發熱、痛苦不堪地死去。

這場瘟疫奪走泰半族人的性命，直到大神以神石鎮壓，瘟疕方就此平息。神靈吩咐，此後每隔三年，祭司都必須以占卜的形式遴選一名族人，作為獻神的祭品，用以對神石之神表達感謝。而今年祭司洛安宣布了，十六歲的沙布拉是此次的祭品。

沙布拉的父母對此並無異議，儘管覺得捨不得，但這終究是關乎全族的大事。每三年都有一人為此獻出生命，這不是犧牲，而是榮耀，況且這些祭品的靈魂將會返回聖地，成為永恆。

可是達杜拉妮還是悲傷。她仍舊記得三天前與沙布拉分別時從心臟深處傳來的酸楚。若仔細看，她的眼睛還有些發腫，全是這兩個夜晚哭泣的結果。想到這兒，達杜拉妮又不禁感覺眼眶有些熱，她悄悄步出屋子，微微低頭害怕被人瞧見。她打算到水源地那裡洗洗臉，不然她實在沒辦法頂著這張倦容見人。

水源地就在村子北邊不遠，步行一會兒就到。達杜拉妮雙手掬水，洗掉眼淚，撥開額前沾濕的碎髮。她深呼吸一口，重新振作，告訴自己就算生活中失去了沙布拉也還是要繼續過下去。

就在達杜拉妮轉身準備回去找洛安，旁邊林子裡傳來碎石在枯枝裡滾動的聲音。竹葉也沙沙作響。達杜拉妮往那方向一望，不禁瞪大了驚訝的雙眼。

一道熟悉的人影撐著樹幹，緩緩走出來到她面前。

「……沙布拉！是你嗎？」達杜拉妮不可置信地喊著，隨即跑過去扶住這位青年的手臂。「沙布拉！」

沙布拉頭髮有些亂，臉色泛白，神色虛弱。他乾裂的嘴唇蠕動著，不知道在說些什麼。

「我聽不清楚，」達杜拉妮著急地說：「我先帶你回去，你應該要先睡一覺！」

沙布拉搭著她的肩膀，兩人依偎著走回村子，進村時恰好碰到達杜拉妮的父親。

「爸爸您來得正好，快幫幫我！」

但她的父親並沒有回應女兒的期待，反倒立即皺起了眉頭，吃驚問道：「他是沙布拉？沙布拉回來了？」

聽著父親逐漸揚高的音量，達杜拉妮益發困惑。「我剛剛在水源地那裡遇到他……」

「——這樣不行！必須趕快通知洛安！」

「爸爸，先幫幫我！之後再去找祭司大人也不遲吧！」

只見她父親轉過身來，臉色凝重地說：「逃跑的祭品，將會帶著災厄回來！」似乎害怕達杜拉妮聽不懂他的說法，那低沉的聲音又更認真了：「災厄要降臨了！」

2

沒有人是無可取代的。

那個囚禁我的男人總是這麼說。

新歡取代舊愛，繼母取代生母，過去紅極一時的歌星被新生代的演藝人員遠遠拋到時代之後。人是如此，物是如此。你總是會看見科技日新月異，在毫無預兆時就讓你曾學習過的一切報廢。就算你不願意接受改變，事情依然發生。命運將不顧一切往前走，直到你被歷史塵埃淹沒。也許你會試著掙扎，試著從他人蹣跚的回憶裡找出自己存活的證據，但你最終會發現你落後其他人一大截，因為你和普通人之間有著顯著的不同。在你害怕改變舊有的東西時，別人已經將你抹除。透過各種理由強硬地將你排擠出記憶。

你是某個人的唯一。無可否認，你曾是。但在歲月推移下將會顯得微不足道。美好的過去不會永遠維持，到最後你會發現你想保護的永遠不在你身邊。你哀號，恐慌，哭泣顫抖，都不能挽回一分一毫的憐憫。

你會漸漸察覺這個事實，領悟自己不再是無可取代。

因為這個世界比你想像中的還要能消化寂寞。

3

實驗室的人慌慌張張跑來說實驗體逃跑時，費尚峰才意識到自己安排已久的計畫有可能面對失敗的窘境。他瞪著病床上被敲昏的下屬。床邊那些觀察實驗體生命體征的儀器全被轉移到這傢伙身上，難怪直到實驗體跑遠了都沒有警報響起。

費尚峰用力踹了下屬一腳，把人踹到床下。原本昏倒的下屬被這一摔完全清醒了，一看到費尚峰盛怒的表情，彷彿回憶起不久前自己正在替實驗體記錄體溫時，從身後被人襲擊的場景。

「很抱歉！費教授……」

「蠢貨！」費尚峰大罵：「連這點小事都辦不好，你們還有什麼用？」

所有聚集起來在這間實驗室工作的人手全部低著頭。

費尚峰對他們哼了一聲，靠近病床，檢查床邊鐵杆被切斷的束縛帶。這些束縛帶原本該牢牢限制實驗體的手腳，現在全被利刃割斷了。

忽然，費尚峰像是想到什麼，立刻問：「實驗體二號呢？」

「二號沒有異狀。他們好像沒打算帶走二號。」

「費教授，監視畫面已經調出來了。」趕來報告的警衛站在門邊說。

費尚峰跟著警衛過去監控室，但監視畫面並沒有帶給他更多線索。

一小時前，一名與實驗室人員衣著相同的人進入實驗室，五分鐘後，同樣換了衣服的實驗體和那個人一起，利用奪去的通行證離開了這棟大樓。監視器中的他們都低著臉，戴上口罩，刻意隱瞞相貌。

從實驗室到大樓門口，這一路居然沒有人發現！費尚峰更憤怒了。看那個帶走實驗體的人沒有任何猶豫，直直前往大門口的舉動，想來是早已摸熟逃脫路徑。

監視畫面停格在帶走實驗體的那個人身上，費尚峰盯著那隱約照出的側臉。

會是誰？

為了讓實驗能順利進行，儘管監禁著實驗體，費尚峰每天都有安排一些活動時間，讓實驗體活動身體，保持身體機能。和久病虛弱的人不同，實驗體保有一定體力，也有相當正常的精神與意識。一個小時，那兩個人肯定逃到影子都不見了。

費尚峰大手一揮，桌上的東西全被他掃倒。

「去給我把他們找出來！不然你們全完了！」

「是……」警衛們戰戰兢兢領命而去。

4

據說夢境是潛意識的延伸。不願面對的痛苦，透過夢境讓意識正視與探詢。

李武擎不止一次被迫重新回憶無能為力的痛楚。

夢境的一開始總是很準確。公園，籃球場，微鏽的籃框。那是個枯燥無趣的日子，下午的陽光在烏雲間忽明忽滅。

他獨自一人打球，任憑汗水滲進眼眶。李武擎站在球場邊緣，望著十八歲的自己，覺得當時的自己有點蠢。到現在也搞不懂青春期賀爾蒙曾在他體內作祟的主因，只是突然有那麼一刻，覺得世界變得乏味。

手機在外套上無聲震動。不用看就知道那是唐聿打來質問他為何蹺課的電話。他不想解釋，也沒有能解釋的理由。他繼續運球，不停投籃，似乎想從拋物線的軌跡裡找尋一些什麼。也許是對外物無動於衷，以致於對街發生的騷動他都沒有察覺——不，他並不是沒有察覺，只是想把自己抽離其他的麻煩事。

在籃球彈跳出界的一瞬，他聽見騷動，有人叫喊，路人圍繞成一團。他瞥了那處一眼，隨即冷漠地將視線抽回。

「白癡，你應該過去的！」

李武擎對夢境裡年少無知的他吶喊，雙手從幻影那尚待發育的背部穿透。一次又一次。然而當時他並沒有絲毫回頭的打算。

對街，李妍正與持刀歹徒談判。

事後瀏覽新聞看到的歹徒照片，已經深深烙印在李武擎的記憶裡——黃泰奇，三十九歲，上班族，平凡的樣貌讓人無從提防公事包裡的那把刀——此刻，黃泰奇變成真實的人影，穿越人群，將李妍從現場帶走。李武擎想追過去，但他不能，他的雙腳被限制在這塊籃球場，束縛在十八歲的影子裡。他只能眼睜睜看著李妍被擄走，聽著籃球墜地，一聲接著一聲，隨後砸醒他的夢。

李武擎悲傷醒來，沒有嚎叫，但喉嚨異常緊澀。他眼眶微濕，盯著黯淡的日光燈久久，好像連起身的力氣都沒有，渴望有誰遞給他一杯水。

可是屋子裡沒有其他人，只剩他與惡夢糾纏。

5

送走最後一位賓客，徐源泰轉身回屋，鎖上大門。

不久前一場宴會的喧鬧，好似一場夢般，與眼前的寧靜形成強烈對比。

他走過明亮的玄關，再度來到方才結束宴會的場地。這裡是徐源泰替自己置辦的房產，一間鄰近山區的兩層樓別墅。他原本打算退休後入住的，但顯然在室內裝潢完成的那一刻，他已迫不及待將它納入生活中的一部份。

通過玄關，飽含巴西熱帶風情的家居映入眼簾。以輕白色為主基調的裝潢搭配繽紛的家飾，以及一整片運用原木素材的隔間，將原本白色的牆面融入了活潑氣息。客廳一角擺放的巴西鐵樹、幾何花紋的燈罩，讓人猶如置身於異國，彷彿落地窗外便是銀白色沙灘。

為了擁有這棟別墅，徐源泰打拼很久，醫院院長的職業並沒有想像中那麼豐盈，但他自有門路。儘管地產座落在屏東縣罕少人跡的郊區，仍耗費了他好一番心力。萬幸他成功了。

這是個週末之夜，而且是一月一次的品酒會。徐源泰喜歡邀請朋友參加品酒會，地點就是這棟別墅。說是品酒，卻也沒那麼繁多的規矩，頂多是朋友們聚會的名義。他歡迎大家攜伴參加，但他的用意絕不是想表現他在盲飲環節有多麼突出的味蕾，他想讓更多人看見這間美妙的房子將猶如一位貌美少婦般陪伴他的下半輩子。

品酒會的痕跡還在，酒杯堆在乳白色的鏡面吧檯上。為了增加氣氛而播放的音樂兀自環繞在木箱音響中。

徐源泰拿了一瓶木桐酒莊的藏酒，在熟悉的位置落座——那是與吧檯相對的一組座位，有兩張以不銹鋼支架撐起的皮革座椅，繞著一張木製圓桌——他扭開瓶塞，替自己斟滿。

獨飲自有一番滋味。

徐源泰舉起酒杯，先是透過光線看看它的酒色，稍微旋轉一下，觀察殘留在杯壁的酒量多寡。接著他將鼻子靠近酒杯，大大深吸一口氣，聞著其中的香氣。這兩個步驟結束後，他淺淺地嚐了一口，讓酒液在舌頭上停留數秒。

木桐酒莊的葡萄酒以果香濃郁著稱，黑醋栗、覆盆子等漿果的芳香立刻侵佔口腔，似乎還有些香草的氣息，徐源泰嚐著帶有煙草的尾韻，認為這美好的一天以這杯酒作結也不錯。

徐源泰感覺他還喝出了一點巧克力的氣味。這瓶酒單寧飽滿強勁，但若是再置放十年的話口感鐵定更好。當然，收藏葡萄酒要有適宜的場地，徐源泰認為可能是他太晚才開這瓶酒了。在宴會中抽空醒酒，果然拿捏不好時間。瓶中溫度大概與室溫同化，這並不符合品嚐的最佳溫度。

當徐源泰在想是否該拿冰桶過來，還在猶豫，就感覺一塊陰影從頭頂兜下。有誰站在身後。

他忽然感覺肩頸處傳來比針刺還要尖銳的痛感。

徐源泰猛然站起，轉身看見男子手裡拿著一只注射針筒。

「你是誰！」

徐源泰憤怒大吼，右手掌不斷搓揉頸部傳來疼痛的地方，掌心沒有沾染任何血跡，他看不出自己到底受了什麼傷。

「——儀式要開始了。」

「什麼？」

「獻上你的生命吧。」

徐源泰感到一股煩躁的怒意，並試圖聽清男子的喃喃自語，而就在這一瞬，他發現視野的邊緣一陣扭曲。

他恍惚地倒下。

6

男子將徐源泰拉離那張皮革椅，拖行這具失去掙扎卻依然滿臉驚慌的軀體。

他們經過寬敞的客廳、掛滿畫作的走廊，後門，來到以漂亮圍籬區隔出來的院子。徐源泰四肢無力，頹然地任男子擺佈。他發覺男子將他拖到院子的草坪上，然後站在邊上俯瞰。他並沒有被綑綁，但他一點力氣都使不出來。

「徐源泰，你知道嗎？我很早就知道你了。」男子一邊動作，一邊如此輕聲訴說。

徐源泰聽著男子的話，卻完全不瞭解其中的意義，只認為男子可能想要搶劫，又或者想透過某種手段逼問他保險櫃的號碼。

他很想說他會把屋子裡所有的錢財都交出去，可是喉嚨像是麻痺了，頭腦與身體成為兩種個體，無法配合一致。他只能勉強挪動眼珠，看著男子在一旁的舉動。

男子拿出他預藏好的注射針筒。針筒裡面的液體大概不到五毫升，卻鮮紅得令人畏懼。

徐源泰驚慌地望著男子的舉動，好不容易才從喉嚨吐出幾個字：「你……做什麼……不要害我……屋子……有錢……給你……」

「你一定有很多錢，毋庸置疑。」男子說：「可是已經來不及了。我的目的不在那裡。」

男子再度擺弄徐源泰的頸部與手臂，似乎在物色下針的地方。

「我一直很想知道，當你得從其他人的不幸裡享受到快樂，你是真的快樂嗎？我一直告訴自己必須找出答案，就是如此我才努力活到現在的。」

徐源泰因恐懼而張大眼睛。男子平淡的面容近在咫尺，感受不到一絲殺意，可是徐源泰卻在男子的氣息中感受到生命威脅。

「其實這不容易。我有時候回想過去，開始懷疑當初我是怎麼撐下去的？我明明就面臨絕望呀。」男子示威一般將針頭靠近徐源泰的瞳孔，「徐源泰，你現在心裡是怎麼想的呢？你害怕嗎？感覺得到希望的存在嗎？」

這男的瘋了！徐源泰長長地嗚咽了一聲，可惡！

然而他在心裡的吶喊敵不過男子的輕柔碎語。

「沒關係，你的犧牲會有意義。順利的話，那些和你一起作奸犯科的人也會醒悟到自己的罪行，而那些準備犯罪的人也會就此止步吧。這是一場對正義亡失的祭奠。」

說完，男子將針頭刺入徐源泰的側頸。將針筒內那一些些紅色液體推進徐源泰顫抖的身體中。

7

在江鑫任職於屏東警局里港分局偵查隊的這些年，轄區裡發生過不少刑案。但他認為刑案的發生沒有地緣關係，說到底就是挾怨報復，不然就是兩派人馬互毆。就算理由再惹人發噱，每個人心底的引爆點都不同，概括而言就是如此。

不過比起其他地區，這一帶的確和平許多。儘管不像其他城市天天有值得上報的新聞，勤務仍從未有一刻稍歇，而且他搞不懂毒販數量與詐騙案件為什麼那麼多，明明隔三差五就會有毒販落網，但繼起的罪犯還是層出不窮。

他們分局前陣子才灑網逮捕一批販毒集團，完成移送之後，他以為可以清閒兩天，沒想到這回又出了強盜案，地點是一家藥局。電話來的時候，還說嫌犯有故意殺人的嫌疑，重傷的藥局老闆在大半夜送醫，經過數小時的急救還是陷入昏迷，尚未脫離險境。媽的，江鑫想他如果再這麼值勤下去，他這不堪負荷的身體也得陷入險境了。

當江鑫抵達現場時，這棟華麗的別墅已經被警車與媒體記者團團圍繞。

這下麻煩了，他心想，要閃躲記者的長鏡頭是一件不簡單的事。他極力避免小學二年級的女兒看見他和罪犯合照的畫面。在他壓低存在感穿越封鎖線時，他看見法醫公務車就停在旁邊，車身一如平常染著不知是鐵鏽還是泥巴的顏色。

鑑識組的人從屋子裡走出來。江鑫感覺身後有閃光燈閃了一下。他趕緊進到別墅裡頭，不耐的心情才稍微放鬆一點。

「小江，你來啦。」偵查隊隊長孫志忠向他揮了一下手，「法醫也剛到。喂，你身上的衣服該不會是上禮拜我看見的那件吧？」

江鑫低頭一看，順手拍掉衣領附近殘留的麵包屑。「這個案子只要談論我的服裝就好了嗎？太好了，看來很輕鬆。」

「天哪，你的幽默感還是糟糕透頂。」孫志忠誇張地嘆了一口氣。

「我糟糕的還不只幽默感而已喔。」江鑫往前走，順著鑑識組的人錯落最多的地方走過去。

對老友接近自暴自棄的自嘲，孫志忠一笑置之。

他們已經相識多年，兩人一同見識過轄區裡各種光怪陸離的事，當然還有衰到極點的事。江鑫一直挺佩服孫志忠始終可以保持那張笑臉，圓潤的臉頰和小眼笑起來像彌勒佛一樣。反觀他僵硬的臉部肌肉，如同長期被尼古丁與焦油侵襲的硬化器官，感受不到任何笑意。

江鑫環顧周遭，看見以為只有在賓館特色房才會出現的異國風情裝潢。雖然他連這是哪一國的特色擺設都不知道，但能觀察出來屋主對住家環境頗為期待。

孫志忠跟在江鑫身後說：「挺漂亮的房子吧，可能才落成沒多久。如果是我的話就會加裝保全系統。走這邊，右轉。」

他穿越客廳，順著孫志忠的指示前行，然後在敞開的後門看見庭院綠油油的草坪一隅。他又接著往前走，先看見的不是屍體，而是聽到法醫的一聲驚叫。

「全部後退！」

被這聲怒吼驚訝到了，鑑識人員們瞬間僵仕。

「我說後退！」法醫再度揚聲強調。

圍繞現場取證的鑑識人員們才紛紛退離現場。

趕過來的孫志忠與江鑫不知道發生了什麼事。

「怎麼了？」孫志忠問。

法醫舉起手阻擋他，「不要靠近。」

江鑫瞄了一眼屍體。死者的雙眼、鼻孔與嘴角都有滲出血液，加上死者死不瞑目，模樣猙獰，連江鑫這個老手也不禁震驚了一會兒。

這法醫叫林振合，和江鑫合作過許多次了，是個工作認真、略帶幽默感的中年男性。這次林振合嚴肅的神情讓江鑫警惕起來。

林振合看了看四周的人，刻意壓低聲音說道：「看樣子可能是傳染病。」

「很嚴重？」

「普通情況不會七孔流血。」林振合說，「希望是我多慮了，不過保險起見，吩咐所有人不要靠近現場，也不要碰觸屋子裡的東西。實際情況等找解剖之後再通知你們。」

8

解剖室內，徐源泰的屍體已安置好。林振合將徐源泰的屍檢擺在第一順位，因為他判斷任何出血性的傳染病都不得拖延，畢竟他無從判定徐源泰體內的致死原因到底是潛伏在體內多久了。徐源泰生前曾接觸的人都有染病的可能，他必須盡快通報衛生局進行應對。就因如此，在地檢署依規定發出報驗單前，他取得解剖案號後就先行行動了。

他這次只帶一位助手，在向對方說明死者頗有疑慮的死因後，這位助手同意協助。他再三交待必須小心，也先檢查過助手的雙手是否有傷口，雖說帶著手套，但難保沒有意外。準備就緒後，他們打開攝影機，記錄解剖過程。

原本檢察官、書記官和負責偵辦的刑警也該到場參與相驗過程，但這次情況特殊，林振合建議不要有多餘的人到場，以免增加感染風險，相對而言，攝影器材的數量增加了。

一開始是測量死者的身高、體重，以及觀察屍身外貌。林振合很快就在死者的側頸找到針孔注射痕跡。助手一一拍攝死者的情況進行記錄。

當林振合下刀，打開死者的胸口時，他們都對死者體腔內的狀況感到驚訝。死者的內臟都有明顯的出血，顯示死者的凝血功能出現異常。林振合依序取出死者的內臟，由助手負責秤重與切片。

「千萬小心。」林振合再度提醒。

「好。」助手謹慎地將器官切片放進福馬林中。

解剖的過程寂靜無聲，透出一股緊張感。這次沒有警方的人在場，林振合無須一邊解剖一邊進行解說，但他在心裡的揣想卻從解剖開始就沒停止過。
他隱隱約約聯想到了什麼，但因為不知是因為太久遠了，還是曾逼迫自己忘記的關係，他看不透這起死亡的全貌。
切片製作結束。接下來是抽取死者的體液，包括血液、尿液、眼球液。林振合想了一下，決定也抽取死者的精液一併進行病理分析。這些事都完成後，就將器官放回死者體內進行縫合即可。但林振合連這點時間都無法再等待。
「縫合交給我就好，你先去把檢體送去病理檢驗。告訴他們要快，情況緊急，還要告訴他們得做好任何感染風險的事前準備。」
「我知道了。」助手將檢體放入箱中，仔細密封。

9

「一個人嗎？」
洪心潔拉開男人對面的椅子，語帶淘氣地問。
看似正在回覆手機訊息的男人頭也不抬。「我很忙。」
「還真是冷淡啊。」洪心潔坐了下來，臉上的笑容未減，倒是有幾分碰了軟釘子的委屈，但這只是讓她原本就漂亮的臉龐添增幾分嫵媚。
倘若她穿著自己最喜愛的連身短裙，這時會讓她的表情更加動人，不過現在她的美貌有半數都隱沒在帽子的陰影裡，連姣好的身材也被款式簡單的直筒褲隱藏。

「再一分鐘。」男人說。

對於這個男人，那些把戲是沒有用的，洪心潔心想。她索性趁這一分鐘點好一杯咖啡。

這是一間很樸素的咖啡廳，大大的落地窗，素色牆壁，其他一律以盆景代替裝飾。一道木製半牆面作為隔間貼在這張桌子旁邊，牆上裝飾的茂密黃金葛剛好擋住開放式空間有可能瞥來的視線。但她猜測最符合他心意的地方是這裡昏黃的燈光以及夜半時分貧乏的人力。

夜班身兼多職的服務生送上咖啡，又繼續鑽回櫃台忙著分內之事。

洪心潔替咖啡加了兩匙糖。她注意到男人眉宇間的疲憊感。他身上那股若即若離的冷漠從第一次見面開始就沒有消失過，好像在警告旁人不得擅近，但偶爾會有那麼一瞬間讓人懷疑那是錯覺，因為他看上去是那樣富有安全感，高大強壯，彷彿隨時可以替心愛的人阻擋任何威脅。

這個男人放下手機，喝光杯裡剩餘的咖啡。他看著她問：「查得怎麼樣了？」

「不先禮貌性的寒暄一下嗎？」她笑問。

男人直直望著她。「最近天氣都不錯。」

洪心潔很快意識過來自己對牛彈琴的舉動。「當我沒說。」她決定切入主題，也許這樣還比較能引起他的興趣。「如你猜測，仔細調查之後，新晴生技公司的運作的確有黑幕。」

新晴生技股份有限公司，前身是一家藥品廠，五年前轉型為生技開發，號稱以醫療的長遠願景為目的，利用生物標記瞭解疾病的多樣行，進而採取及早預防的診療措施。

「新晴生技的資本額有五億，員工數是二十八人，」洪心潔繼續說：「在業內是小有名氣沒錯，但似乎沒有什麼代表作，只有去年開發一款有關抑制心血管疾病的藥，但也不是發行廠，是協助研發者。」

「公司地點在哪？」他問。

「在高雄。」她說：「要我去一趟嗎？」

「有必要再說。然後呢？有關資金方面？」

「這間公司有百分之四十的股份握在總經理梁家祥手裡，他是最大股東。另外百分之四十在大戶手裡，剩下的百分之二十由散戶持有。資金來源分布得很平均，股價波動也很穩當，但我還是查到不尋常的部分。」她露出有些得意的微笑，「最近一個月，新晴的大戶持股比例逐漸下降，連帶的，那些依靠大戶持股率觀望股價的散戶也紛紛退場，售出股票，造成新晴股價難得持續跌停板。」

「是新晴公司釋出什麼不好的消息嗎？」

「沒有。就是這樣才奇怪，新晴既沒有出紕漏，也沒有任何交易失敗的壞消息，那麼那些大戶為什麼突然把股票賣了？」略微停頓後，她說：「這種狀況，如果不是有心操縱新晴的股價，就是內線交易，知情人提早把知道會虧損的股票賣掉。」

他露出有些讚賞的表情，對她說：「沒想到妳這麼熟股票。」

她笑了笑。「大致瞭解是怎麼一回事啦，但如果要仔細分析股市就差得遠了。說真的，這次會察覺新晴股價下跌的異狀，是因為我偶然間發現那些大戶和散戶們都掛在同一家證券公司名下。」

「妳怎麼發現的？」

「那家證券公司不久前舉辦了一場產業座談會，很多投資客都在場地打卡發文，一下子就被我發現了。座談會內容很明顯在暗示其他人必須釋出新晴股份，不然會損失慘重，好像間接表明他們掌握了什麼內情似的。」

「同一家證券很奇怪？」

「當然。既然都是同一家證券，那很有可能是在作帳行情，而且，如果我猜得沒錯，為了躲避證交所的耳目，那些散戶其實就是人頭帳戶也說不一定。因為大進大出很容易引人注意，分擔風險最好的辦法就是以人頭買賣，而且現在散戶的持股率逐年上升，不去調查根本不會發現哪些都是人頭戶。」

他默不作聲，若有所思。

她又補充：「但這只是我的假想，還需要觀察大盤和個股走勢才可以確定，這部分我可以找在這方面有專門領域的人來幫忙……」

「不，這樣就夠了。」他忽然說：「你剛剛說他們的交易都是透過同一家證券公司，那家證券是什麼名字？」

「全名叫盛祥證券投顧顧問股份有限公司。」她說：「公司地址就在我們台北中山區那裡，網路上有查到一些資料，看起來規模滿大的。」

他拿了筆在紙上寫下「盛祥投顧」。洪心潔盯著他，說：「我有幫上忙嗎？」

「嗯，謝了。」他道謝的時候仍是一臉鎮定。「接下來就交給我，妳還有徵信社的工作要忙吧？」

「那個啊……」她微微嘟起嘴，有些撒嬌的感覺，把話說得很小聲。「其實也不怎麼忙啦，如果你想聯絡我隨時都可以啊。」

他沒回應她，只看了看時間。「我差不多要走了，還在值班。」

「等一下！」她忙喊。「最後有一件最重要的事！」

「嗯？」

洪心潔的表情瞬間變得有些嚴肅。她從包裡拿出一封牛皮紙袋，放在桌上時還刻意瞥了瞥他的反應。

事實上，她發覺這一招的確成功吸引他的注意力。

她緩緩從牛皮紙袋內摸索出一張紙，然後在他的注視下翻開——只見他的眼眸登時半瞇起來，在看見內容物的真面目後，隨即恢復興趣缺缺的模樣。

「這太過份了！」她埋怨，同時指著白紙上列印出來的某個網頁。「這絕對是你吧！你跑去小琉球了！」

那是從一個叫做「靴子旅遊去」的部落格截圖下來的某段文章與照片。照片是一個男人在海濱碼頭的背影，文章十分露骨地寫著「期待一場充滿邂逅的旅行」。因為部落格主人是頗為有名的部落客，文章經常出現在首頁，她無意間點進去看就發現這一段。

只見他看了那張照片一眼，沉默不語。

「雖然只有背影，但我知道的！絕對是你！」洪心潔信誓旦旦，「你怎麼可以偷偷跑出去玩呢？我看那時候你應該還在懲戒期閉門思過的呀，你不會是為了跟這個女的去約會而暗中溜出家門？」

「……」

眼見對方悶不吭聲，洪心潔簡直要氣壞了，她嘟起嘴，可憐兮兮地說：「好歹你也應一聲嘛。」

「多謝妳的調查，我要回去值班了。」他起身，順手拿起帳單。

洪心潔悶悶地望著他走到櫃台結帳的背影。

真是太可惡了，居然什麼都不說，她將紙張收進牛皮紙袋，正覺得無趣想離開時，服務生送來一塊蛋糕。

「咦？我沒有點這個。送錯了嗎？」洪心潔趕緊說。

「這是剛剛那位先生讓我送來的，已經買單了喔。」服務生說完又趕緊跑回去站櫃。

消沉的情緒登時又高昂起來。

「李武擎你這個壞蛋！」洪心潔小聲埋怨了那剛剛才離開的男人，接著帶著幸福的表情慢慢吃下這塊蛋糕。

10

當麻煩降臨前，梁家祥手裡正捧著一杯蘇格蘭威士忌，沉浸在性愛的餘韻裡。床側是年輕貌美的女子，趴在他腿邊撫弄剛釋放的性器。

結束前陣子稍微有點緊張的日子，他很樂意回到原本舒適快意的生活節奏。此刻他感覺身心愉悅，全身放鬆，似乎還能再叫一個女人來加入戰局，可是突如其來的電話鈴聲讓他硬生生打消這個念頭。

梁家祥從不是個善於規劃的人，他自認沒有具備獨到的遠見，也沒有縝密的思維幫助他避開有可能來臨的關卡，然而這卻是他比一般人更懂得臨機應變的原因。

兵來將擋、水來土掩，他奉行這句話並落實在生活當中，凡是阻擋他的人勢必遭到剷除。他只負責滿足自己的欲望，將想要的一切弄到手，至於那些雜七雜八被稱為計畫的東西，他都交給適合的人去辦。

他用高價聘請專人為他營運公司、處理股票、建立投資規劃，這是他補足自己缺點的辦法。但他很厭惡那些自恃有專業能力的傢伙，認為他們帶笑拉業務的眼裡藏著深沉的輕蔑。反正這個世界就是這樣，才能與財富是兩個截然不同的玩意兒。

在他手下辦事的，都知道千萬別拿小事煩他，因此這次看見手機第一次顯示以「證券經紀人」作為代稱的來電號碼，梁家祥莫名感覺自己即將面臨一些問題。

果不其然，接通電話後，證券經紀人以充滿歉意的口吻訴說新晴生技的股票被人惡意收購，狀況到了不容忽視的地步，倘若不投入大筆資金恐怕經營權會有問題。

梁家祥花了幾秒鐘回想這位證券經紀人叫什麼。史帝夫還是大衛？那些搞金融的很喜歡替自己取一個英文名字，彷彿這樣可以離華爾街的菁英近一點。可惜這種人聰明歸聰明，卻始終無法意識到自己的身份從一開始就和那些金湯匙不同。命運是以出身為基礎，如果要想打破命運的格局，就得卑鄙一點抓著上天的手去改寫。所以為什麼有人死後下地獄，純粹是因為壞得不夠徹底。

他很快就找到問題的關鍵——挹注再多金額也沒有，因為有個比他壞的傢伙在搞他。

梁家祥立刻結束與證券經紀人的通話，趕走床上的女人。房間裡傳來冷氣調節的聲音，他抓起酒杯，狠狠灌了一大口。思考片刻才改撥另外一通電話。

電話另一端的聲音比他印象中的還要高傲冷漠：「梁總經理，你居然還敢打電話給我？我以為你會趁剩下的日子好好快活以免將來後悔。」

梁家祥沒有聽漏對方語裡的諷刺。尤富隆，執行秘密帳戶營運項目、那該死的走狗！一想到尤富隆頤指氣使的樣子，梁家祥就感覺噁心，但是為了既得利益卻不得不容忍。

「尤先生，這是怎麼回事？我剛才聽說新晴的股票跌得慘兮兮，這跟你當初答應我的可不一樣。」

「喔，你比我預料的還要更早發現嘛，這該歸功於你雇用了一位優秀的經紀人。」

「不要跟我兜圈子了！」梁家祥精神緊繃，聲音因為憤怒而有些發顫。「盛祥投顧」是尤富隆理財企業之一，負責新晴生技投資的理財專員以及剛才打電話來的證券經紀人，都是尤富隆從盛祥投顧撥來的人。梁家祥認為新晴和盛祥應該是共利共生的關係才對。「到底是怎麼樣？你們在設計我嗎？」

「設計你？」尤富隆呵呵冷笑，「是你先對我們老闆的產業動歪腦筋的吧？在加入我們之前，分明告誡過你不要妄想貪圖不屬於你的部分。難道我們虧待你了嗎？沒有吧。新晴生技之所以有盈餘，全是我這一方暗中協調，你花費在女人和烈酒上面的金額幾乎有一半都是從這裡來的，難道你不明白嗎？現在我希望你能瞭解，違背當初的約定會有很不好的下場。」

那冰冷口吻吐出的每個字，猶如一桶冰水澆在梁家祥的頭頂，儘管尤富隆的語調就像在訴說不小心把荷包蛋煎焦了一般稀鬆平常。

梁家祥忽然想起毛仰祺的死因，一位台灣現役觀光局長在小琉球被謀殺了，卻幾乎沒有被媒體報導出來，細究之下才曉得版本被改成毛仰祺在夜遊時不小心失足墜崖。

持有秘密帳戶的那幫人絕對有這種能耐：操縱輿論、擬改現實。梁家祥知道，如果他現在就死在這裡也不足為奇。這不是用普通手段收買媒體這麼簡單。當初自己是怎麼動了歪念頭的？混帳東西！他心中暗罵，毛仰祺死後，難道換他遭殃了嗎？

梁家祥嘴巴開開闔闔，勉強才插話說：「那是誤會。」

「想裝傻就省省吧，」尤富隆說：「你和毛仰祺私下買賣小琉球的土地想幹什麼勾當，我們都一清二楚。你如果做得天衣無縫就罷了，可惜毛仰祺那老狐狸還偷偷錄下你們每次的對話。」

「你說什麼！」梁家祥脫口而出，驚駭地瞪大眼。

「這還不是最糟的，糟糕的是，錄音檔已經傳到老闆手上。」

梁家祥登時感覺全身陷入一片黑暗般地恐慌。「怎麼會？為什麼你們會發現姓毛的有錄音？」

「這我也不清楚。我只知道那份錄音檔是郭兆侖拿給老闆的。」

「他怎麼會……」

「我從一開始就告訴你，我和郭兆侖的立場有微妙的衝突關係，你這樣子讓我很難做人，你懂嗎？我不想郭兆侖給我下套，所以只好捨棄你了，希望你能明白這是你自己一手造成的後果。」

「等一下！」感覺通話即將結束，梁家祥急吼，「等一下！」

電話另一端停頓了一下，彷彿是將話筒重新貼近耳畔。「我不想聽你做無謂的解釋。」

「等等，我、我現在手上還有一件很重要的案子！」梁家祥說得很急，「如果這個案子成功了，就讓我戴罪立功行嗎？」

「嗯……」沉吟聲持續了三秒鐘，「你是說基因疫苗那個案子嗎？我想你其他的案子也沒什麼價值了。」
梁家祥立刻承認，「對，就是那個！就快要完成開發了！到時候一定可以大賺一筆的！」
「現在研發的進度如何？」
「這……」梁家祥詞窮。他從來都是投資者，至於內容壓根一知半解。
「算了，問你也沒用。」尤富隆哼笑：「這樣吧，我給你一個月把結果交出來。剛好，如果你的新晴沒有得到新資金，再一個月就差不多要垮了。到時候你看你是會自救呢？還是選擇破產關門大吉，和你的美好生活說再見？」
「我一定會把成果交出來！」
「很高興聽你這麼說。做為鼓勵，我就免費奉送你一個線索吧。」
梁家祥集中注意力在尤富隆接下來的話。
「毛仰祺的錄音檔雖說是郭兆侖交給老闆的，不過卻是他手下一個叫做秦泯一的檢察官送給他的禮物。秦泯一這小子不可小覷，如果將來你有機會遇到檢察官而不是驗屍官的話，我建議你對秦泯一說的每個字都要謹慎考慮。」

結束與尤富隆的通話後，梁家祥枯坐在床沿，徹夜難眠。他知道自己即將被排擠出「秘密帳戶」的計畫之外，而後果不單單是退出而已，為了保守那些隱密的交易，那幫人會怎麼封他的口？
再也沒有比死亡更能確保秘密帳戶的安全。
看看毛仰祺死後的樣子吧，梁家祥想著，頓時感覺幾分鐘前他打算狂歡一夜的念頭非常愚蠢。他和毛仰祺先前私下買賣小琉球土地並進行可燃冰研究的事情完全沒有曝光。這怎麼可能？屏東縣的警方？當地人？甚至媒體全部一聲不吭？這太怪異了，到底是什麼力量有辦法控制這一切？這裡是台灣呀，不是什麼封閉的國家不是嗎？

因為對現實的震驚，導致梁家祥開始懷疑那幫人的身份。

他本來也不是什麼正當人家出身，年輕時候混黑道、暴力討債，之後才拿那些贓款洗白，勉強靠著舊有的人脈洗錢才搞來今天這番地位。因此若是有賺錢的點子，就算來源不乾淨也沒關係。暗箱交易幾乎是種常態，不需要過問太多，他一直以為秘密帳戶那幫人也是，但結果顯然那幫人比他想像中的還要有能耐。

一開始只是普通的投資，拿回扣，暗中派小弟勒索威嚇，畢竟警察絕對比混混還忙，哪可能永遠守在別人家門口。後來尤富隆冒出來，邀請他加入他們秘密帳戶的計畫後，事情就單純多了，投資，洗錢，買賣人頭帳戶，他的私人存款就會有源源不絕的入帳。

他買下舊藥廠，改名為新晴生技公司也是在尤富隆的建議下拿個好看的頭銜，實際上公司營運根本與他無關。他只需要看到每季的股票利息定時入帳就好。

尤富隆是他和秘密帳戶唯一的接觸管道，但秘密帳戶的內部關係一直查不清楚。

秘密帳戶是一個銀行帳戶？還是一個秘密組織？一個神秘的代號？

一直到合作第三年，梁家祥才隱約曉得尤富隆是秘密帳戶之中地位頗高的一位。秘密帳戶的成立有一位大老闆，地位最高，旗下五位幹部。他們六人都各自持有使用帳戶時不可或缺的一部份鑰匙。

秘密帳戶的錢財幾乎是只進不出。

尤富隆就是掌管秘密帳戶的五位幹部之一，但是他是哪裡人、什麼職業、家庭背景如何，梁家祥一概不知。他們總是在談妥一件投資案時見面，又很快分開。碰面的地點時間由尤富隆決定，每次都是非常隱密的場所，而談話時間絕對不超過半小時，還會先在桌前架設擾頻器避免竊聽。

除尤富隆外，另一位幹部就是郭兆侖。這是偶然得知，他甚至沒看過郭兆侖的樣子，只從對談中窺知尤富隆和郭兆侖具有競爭意識，足見秘密帳戶的五位幹部也不如他想像中那種情同手足的朋友。

如此看來，秘密帳戶的存在好像一家公司，大家都在為這家公司奔波、為大老闆賺錢。

梁家祥對尤富隆的印象是個舉止有點做作的男子，長相斯文卻有一種疏離感，頭髮都用髮蠟整齊梳到腦後，戴著銀框眼鏡，身上有一股濃厚的古龍水氣味，還有那皮笑肉不笑的稱讚——尤富隆的冷諷總像是在甜言蜜語的同時把一根針刺進你的鼓膜。

五位幹部各自找尋合適的「項目」投資，所有成功的計畫將會為秘密帳戶帶來可觀的收入，而那些收入再投入其他「項目」以進行規模更大的投資，如此循環……

這些已是梁家祥所知有關秘密帳戶的全部了。

可燃冰研究也是秘密帳戶營運項目的一部份，隨著研究方身死，想來這項計畫也隨之告吹。那是毛仰祺負責的計畫，雖然梁家祥不是很喜歡那個一板一眼的傢伙，但至少雙方都站在相同立場為秘密帳戶辦事。

他不知道毛仰加入祕密帳戶的契機，反正這也不重要了，這是個鐵的教訓，告訴其他人就算計畫被破壞也沒關係，負責統籌項目的人會很盡職地掩蓋一切，讓相關者的死亡看起來毫無可疑之處。

梁家祥惴惴不安，在屋子裡胡亂走動，腦子裡各種想法紛至沓來，最後決定在自己投資的最後一個項目裡放手一搏。

11

這間體育俱樂部越是深夜，客人越多。那些坐在大螢幕前觀看運動比賽的人，多半也在考慮等等要怎麼打發這個漫漫長夜。

客人可以選擇購買運彩，和台灣彩券的營運方式不同，這裡有它獨特的規則。不然，也可以和陳義鈞一樣，物色一位美女到包廂「促膝長談」。

陳義鈞是俱樂部的老顧客了。他將五十三歲的容貌隱藏在帽沿之下，嫻熟地向服務生點了一道宵夜後，就先到預約的包廂等候。

包廂內隔音效果非常好，俱樂部震耳欲聾的音樂立刻被隔離在外，剩下包廂內輕快的曲調。陳義鈞是退休軍人，出於對事的警覺，他習慣先檢查包廂內是否有任何監控設備。店家並未在包廂內設置監視器，但無法保證有心人側錄他。世人一般認為退伍軍人很富有，但這是錯的，光靠那份薪水不足以支付他開心的退休生活。現在陳義鈞享受的一切都是他汲汲營營得來的。

確認包廂內沒有會威脅他的奇怪儀器，陳義鈞脫下帽子，解開笨重的外套，褪下對容貌與身材的偽裝。他拿出手機看看時間，每次他都覺得等待「上菜」的時間既焦急又刺激。

這時，包廂門被打開了。陳義鈞抬頭，興奮的神情在看到來者是一名男子，而非他所選擇的女人後，他的表情頓時不滿起來。

「你誰啊？」陳義鈞生氣地問。

男子將門關上，上鎖。他的臉埋在帽兜裡，始終沒有與陳義鈞視線相交，這讓陳義鈞興起警覺。

陳義鈞注意到桌上有玻璃煙灰缸，有必要他可以拿那個自衛。然而就在他自以為可以阻擋陌生男子的一切攻擊時，那男子靈敏地衝了上來，手裡拿著一截短棍，精準地往他的太陽穴打下。

陳義鈞立刻就暈了，跌坐沙發上。儘管有意反抗，可惜身體力不從心，雙手胡亂掙扎時，將手機推落在地。

男子動作很快，取出裝有紅色液體的針筒，瞬間就刺進陳義鈞的脖子。陳義鈞吃痛驚呼，發出不成體統的哀號。

「你這小子在幹什麼？你竟敢……被我抓到你就完蛋了！」陳義鈞怒斥。

男子唇角微揚，嘲弄道：「在我下地獄前，你就先去那裡，為你的罪惡懺悔吧！」

五分鐘後，男子走出包廂。他與端著生魚片拼盤的女人擦身而過，消失在俱樂部熱鬧卻陰暗的角落。

之後，女人的尖叫聲迴盪。

第二章

1

——一八一四年，古茶布安

村裡有人開始謠傳沙布拉是叛神者的隔日，不知為何，那些人忽然都病了。祭司洛安將所有生病的人集中在一間房裡，替他們安排診治，並吩咐其他人不要隨意接近。就算完全不懂醫理，面對洛安謹慎的態度，大家也曉得情況非常不妙。

達杜拉妮原本是靜靜待在人群裡觀察其他人的情況，不知道哪時候被排擠開來。

「達杜拉妮！你不應該把沙布拉帶回村子裡來的！」

一抬頭，發現周遭的人將她圍在中間，達杜拉妮頓時陷入從未有過的驚慌。「這不關沙布拉的事！」

「怎麼可能沒關係！」反駁的人是住在隔壁的嬸嬸，「私自脫逃的祭品將會受到神的懲戒！這種事難道你爸爸沒有教給妳嗎？雖然妳年紀小，但應該知道這件事才對！」

「我聽說史官大人有阻止她……」

「沙布拉連累我們的家人受到懲罰，他怎麼能這麼做？」

根本不給達杜拉妮說話的機會，所有人七嘴八舌討論起來。這時候達杜拉妮心裡想的卻是沙布拉，自從沙布拉的妹妹莎瓏帶他回家後，她就被父親禁止和沙布拉見面。

似乎是認為外頭過於吵鬧，祭司洛安走出來，擺了手勢，示意眾人安靜。他銳利的眼神看向達杜拉妮，肅穆的姿態不需言語，彷彿就能掀開一個人內心的恐懼，進而產生敬畏心理。達杜拉妮有些緊張地別開了眼神。

洛安吩咐其他人燒掉病人的衣物、提來大量熱水，暫且讓屋子裡的病人停止了痛苦的呻吟。達杜拉妮動也不敢動，靜靜待在一旁，望著洛安的動作，同時期望他可以給她一個解釋，告訴她這一切異狀與沙布拉無關。

直到夜幕降臨，洛安方帶著達杜拉妮回屋。進屋前，洛安點燃藥草，燻著達杜拉妮身上的衣服。藥草味過於刺鼻，達杜拉妮不由得劇烈咳嗽起來，好一會兒才平息。她坐到洛安面前，聽他語重心長說道：「必須將沙布拉帶回神廟，否則生病的人會增加，而且都會死。」

達杜拉妮吃驚道：「為什麼？沙布拉是無辜的！」

「看著生病的那些人，你還能說沙布拉無辜？」洛安嚴肅道：「沙布拉從神廟逃出來，違背了神石大神的旨意。他應該懷著榮耀成為神的祭品！而不是讓族人和他一起承受神的憤怒。如果不快點送走沙布拉，曾封印住的瘟疫之風會再度捲起，妳想要大家都陷入不幸嗎？」

達杜拉妮欲言又止，不敢直視洛安的視線，低下頭來盯著自己絞緊的手。

「趁事情還可以挽回，告訴沙布拉回去神廟吧。」

「……可以讓我想想看嗎？」她低聲說。

「去吧。」洛安應允，目送達杜拉妮悲傷的背影。

就在達杜拉妮的身影徹底遠離之際，洛安發現有人前來拜訪他。是部落裡的史官，也就是達杜拉妮的父親馬耀。

馬耀一向穩重自持，而且總是以非常客觀的角度檢視事情，這或許是他能勝任史官一職的要因。將女兒托給洛安指導部落事務時，馬耀展現了為人父的期待與栽培。他們曾徹夜把酒言歡，也曾暢談部落歷史與未來之間的轉變，而這次，洛安知道馬耀找他，要傾訴的話題絕非三言兩語能說清。

但他們的心裡其實已有共識，一份艱難的決定在胸中醞釀，只等他們要鋪陳多久才能坦白將其說出。

沙布拉非死不可。

2

我聽得出來那是剷土的聲音。

金屬的剷子用力插進泥濘的土裡，偶爾撞到幾顆小石頭而發出鏗的一聲。將土撥開的聲音其實和山崩很像，只是音量的差別罷了，因此我在聽見剷土的聲音時，以為我即將被土堆掩埋。

男人從我眼前出現時，我的聲帶由於過於乾燥而無法順利說出話來。之前，一群人闖進我家，帶著刀械逼迫父親與大哥就範，我們三人被綁架了，卻連對方是誰、有什麼目的都不知道。

我們三人總是離群索居，一旦有人和我們一家人熱絡起來，不出幾日，爸爸總是會帶著我和大哥搬走。我們無法在同一個地方待太久，我們不能被認識、不能被誰記住。

我們就像幽靈。

幽靈般的我們，為什麼被這批人盯上？

失去抵抗能力的我，靠在樹幹邊坐著，旁邊有人發覺我醒了並不以為意，直到我看見那些人正在掩埋我爸爸的屍體時，我用盡力氣撲過去，他們才急忙將我拉開。

「放開我！你們要做什麼？為什麼這樣對我們！」我嘶聲大吼。

男人帶著輕蔑的表情，「你們是我計畫中重要的棋子，不要妄想逃脫，否則下場會很慘。」說著，男人在我爸爸的屍身上灑了一些東西。

「這些細菌會讓這個不自量力的傢伙更快回歸大自然。」

我哭著求他住手，但沒有人理會我的央求。他們將土一鏟一鏟填上，又灑上石灰。

腦海浮現爸爸保護我和哥哥而慘死的樣子，我內心的痛苦難以言喻。我以為此生再也不會有什麼比生離死別更悲哀的了，但之後，我才發現更悽慘的事尚未發生。

我被囚禁了。那年我十六歲。

3

楊博航正在漏夜工作。

法醫病理組的人本來就少，病理檢驗的工作排程像是永遠消耗不完。當有人過來要求插隊時，楊博航起初不太高興，但看在林振合的面子上，以及那看似頗是危險的死因，楊博航便同意優先對徐源泰的檢體進行檢驗。

他進入檢驗室，謹慎而緩慢地拆開檢體封包，決定先從皮膚切片著手。

檢驗檢體的第一步，肉眼觀察，再利用光學顯微鏡觀察檢體。

他透過顯微目鏡，看見了一個猶如銀河般的複雜世界。撇開病理檢驗的可怕之處，這是楊博航對自己工作的浪漫。鏡頭下不只有皮膚細胞，還有諸多微粒與斑點，等著他去區別到底是病毒、細菌，或者空氣裡莫名其妙沾染過來的灰塵。

楊博航一邊觀察一邊記錄檢體的外觀，工作到一半，他聽見手機鈴聲在外頭響起。他稍微離開座位，查看來電者，看見是他那新交的女朋友，覺得接聽電話有可能好一段時間都會陷入無聊的查勤，他決定暫且完成手邊的工作再去回覆她。

他返回檢驗室，繼續觀察檢體，然而他卻發現顯微鏡下的皮膚細胞和不久前相比膨脹了快一倍。雖然皮膚細胞仍然隱匿在雜亂的畫面裡，但他就是能分辨細胞的變化。

他愣在那裡思索了一分鐘，然後取了一些檢體滲出的溶液到試管裡，加入福馬林，依循先前的計畫利用離心機進行分層。當離心機運轉完畢，楊博航對檢體進行染色，以便接下來的觀察。

這時候他透過顯微鏡看見的是破裂的皮膚細胞與糊成一團的病毒。

起初他以為那是有些變形的球狀病毒，但間隔不到一分鐘，他就看見球狀病毒彷彿煙火一樣一絲絲散開來，在死去的細胞外圍蠕動。

這不是球狀病毒！是糾結在一起的絲狀病毒！

事到如今，再如何浪漫，也不會假想這絲狀的病毒如煙火一般消失——一些特定名詞瞬間湧進楊博航的意識裡，但他的動作跟不上他的思緒，他張大眼睛看著絲狀病毒好幾秒，整個人才從椅子上彈跳而起，並用兩手手掌用力蓋住自己的口鼻。但在觸碰口鼻的瞬間，又反應過來自己剛才正是用這雙手處理檢體，又趕緊把手拿離臉部。

混帳！該死的……噢，不會吧！楊博航慌張了，一心想否認自己的結論，但世上所知的絲狀病毒只有兩種：「伊波拉病毒」與「馬堡病毒」。伊波拉的致死率甚至高達百分之九十，就算是馬堡病毒仍不遑多讓，兩者的傳染力根本不是普通口罩可以隔離掉的。

「可是怎麼可能……？」楊博航困惑地喃喃自語。

絲狀病毒怎麼可能會出現在這裡？在非洲奪取人命的致命傳染病毒，就連美國也只有兩間高規格實驗室在進行研究的絲狀病毒，居然在亞洲、在毫無疫情的台灣現身？

不！不可能！一定是搞錯了。

他腦子一定還沒清醒。楊博航如此勸說自己，卻不敢再靠近檢體半步。他和檢體之間彷彿對峙的軍隊，而他在無形中遭到一面倒的壓制。

縱然雙頰已經緊張得漲紅，楊博航的後背卻感覺一陣發涼。他下意識停止呼吸，立刻跑到淋浴設備裡，和衣沖洗稀釋過的消毒藥水。他頭一次如此感激這間檢驗室有按照通用規則將沐浴間設置在附近。

消毒藥水不停流出。楊博航從頭到腳濕淋淋的，異常狼狽，再也沒有原本神清氣爽的樣子，因為他比誰都清楚絲狀病毒的可怕之處。

楊博航站在那兒思考，讓自己的情緒慢慢穩定。他沒有接觸過真正的伊波拉病毒，但至少看過照片。他有可能誤判，但若是真的呢？這種事應該寧可信其有而採取最佳防備吧？

他取了乾淨毛巾擦拭頭髮，決定先把這件事通報衛福部，疾管署有更先進的技術可供判斷絲狀病毒的真偽。

4

大約清晨五點多的時候，防漏接的超大分貝手機鈴聲喚醒江鑫。他疲憊地爬下床，到客廳隨手亂扔的舊衣服內摸索手機。

有那麼個瞬間他好想拋下一切，如他少年時期純然的幻想，到空無一人的海灘將精神放空。遺憾的是他已經要四十歲了，有關生存於世的知識在腦細胞裡扎根，衡量現實的下意識行為不管怎樣都揮之不去。

「喂？」他接通電話。

「壞消息。」孫志忠說：「奇怪傳染病的第二個被害者出現了。」

江鑫抓起地上的衣服。「還能有更壞的嗎？」

「想不到還被你說中了。」江鑫聽得出來他這位老友目前很無奈，「不過這等你到場之後再揭曉也不遲。」

半小時後，江鑫抵達案發現場。體育俱樂部正在疏散人潮，儘管俱樂部老闆百般不願也沒辦法，孫志忠強迫俱樂部停止營業並開始安排消毒。

有了上一次經驗，這次大家都全副武裝。孫志忠看江鑫來了，和他一起套上防護服與口罩準備進入現場。

「對了，你女兒的學校今天運動會。」孫志忠忽然說起這個話題，「有人問我這裡有沒有人手，今天增加學校附近巡邏的班。」

「嗳？」江鑫一愣，表情很快變得沮喪又不甘，「靠，我忘了。」

「你忘了？」孫志忠哈了一聲，「我正想安慰你咧，還以為是因為你要查案才沒機會去陪你女兒。既然你忘了就算了，反正你注定沒機會出場。」

「靠。」江鑫又罵了一聲。

「注意一點警察形象好嗎，現在我們身上都有帶密錄器耶。」

「當初我為什麼會答應讓出監護權？」

「別鬧了，看看你。」孫志忠的目光在江鑫身上上下打量，「你想訓練女兒獨立自主還太早。」

江鑫嘖了一聲，真心感到一股莫可奈何卻不得不服輸的感覺。他已經多久沒看到他女兒了？法律規定的探視權在那暴躁的前妻身上完全無用武之地。

真慘，他現在好想抽煙。

他們進入現場，來到被害人陳義鈞陳屍的包廂。法醫正在指揮人手將屍體放入屍袋，屍袋外面還要套上一層隔離袋。而鑑識組的人只派出兩人，全身裹得密不透風，小心翼翼採集證據。

「小心一點。」林振合交待。

正看著屍體被送走，這時突然有一道響亮的來電鈴聲在這包廂內響起。

一個鑑識人員在沙發底下找到了手機，交給江鑫。

手機螢幕顯示+886的國際號碼格式。

江鑫將其接起，卻沒有主動開口說話。通話時間停頓了兩、三秒，江鑫才聽到對方說：「你接起的是陳義鈞的手機。」

那聲音聽起來不像變聲器，像是電腦合成的音效，有著機器人般詭異的音調起伏。江鑫立刻意識到狀況不對，立刻用眼神示意孫志忠，並將手機開啟擴音。

「你是誰？」

「我是殺死陳義鈞的人。」

直言不諱的應答讓眾人精神一震。

「你是警察吧？」兇手接著問。

「沒錯。」

「名字？」

「里港分局偵查隊的江鑫。」

「很好，江警官。現在我有一件事想請你幫忙。」

「既然如此，我們可以見面好好談談。」

「不要說笑了，我希望你嚴重看待這件事，否則受害者可不止徐源泰和陳義鈞而已。」

「好、好，你說吧。」

「二十四小時之內，屏東縣政府必須召開記者會，將七年前的事公之於眾，並為此謝罪，否則我將持續散播病毒。」

江鑫的眉頭不知不覺皺得深了。「七年前什麼事？」

「你如果想知道就盡管去查吧，但我相信你把我的話轉述過去，那些隱瞞罪惡、享受豪華生活的人都會知道我指的是什麼。」

江鑫試圖拖延時間，「不過二十四小時也太快了吧？你也知道政府的效率，能不能商量商量？」

「二十四小時。就從結束這通電話後開始。」

「慢著慢著！」江鑫趕忙說：「如果你的目的是政府，何必傷害民眾？大家是無辜的，你有想過我們這些處理案子的人有可能感染到嗎？」

「沒有人是無辜的，關鍵在於那些罪過是否能被原諒。」那呆板的音調繼續陳述，「徐源泰不無辜，陳義鈞也不無辜，若選擇忽略我的要求，你們這些放過罪惡的人同樣不無辜。開始吧，二十四小時，不要忘記了。」

「喂！」江鑫還想再說，電話已經被掛斷了。江鑫試著按了回撥卻無法接通，他吩咐守在外頭的部下：「叫通訊組的來查查這隻號碼，看找得到線索嗎？」

包廂內，鑑識組的兩人差不多收工，先行離開。

「現在最要緊的就是把消息報告給上頭知道。」孫志忠說。

「這件事就拜託你了！」江鑫說。和高層打交道不是他的工作。他轉而對林振合說：「老林，以前也發生過因為這種病毒而死亡的案子嗎？」

林振合一聽連忙搖頭，「沒有。怎麼這樣問？」

「兇手想要政府公開謝罪，是因為某件事吧？現在的線索除了『七年前』之外就是『病毒』了，不是嗎？」

「哦……也對……」

「你怎麼了？」江鑫覺得林振合的樣子有點不對。

「沒、沒什麼！只是聽到犯人說要散布病毒，有點擔心罷了……」

「哦。」江鑫應了一聲，但仍在打量著林振合有些閃爍的目光，「對了，我記得老林你也是七年前轉行當法醫的吧？」

「唉？」

「那年我也剛好進偵查隊，所以記得很清楚。當時有稍微聊過吧，你好像原本是當醫生，後來才成為法醫。」

「喂，小江，你這是想幹嘛？」孫志忠出聲。

「沒有啊，就是問一下。」

這時，負責消毒的人馬已經穿著類似太空衣的裝備、背著消毒液進入俱樂部當中。

「已經可以開始了嗎？」抓著消毒噴管的人問。

「可以了。」林振合率先回答，然後轉過身對江鑫說：「我要先去替陳義鈞進行解剖，有其他事改天再說吧。」

不等江鑫回應，林振合逕自走了。

「這反應……感覺像是真的有什麼事瞞著？」江鑫想問問孫志忠的意見。

孫志忠拉著江鑫離開包廂，走出俱樂部。「這世上有誰沒兩三件事埋在肚子裡？」

「話不是這樣說。」江鑫忽然想起：「對了，你電話裡不是說還有一件壞消息？」

孫志忠回過頭來。「喔喔，刑事局要來軋一腳了。」

「啊？」

「刑事局——」

「靠。」

真他媽的壞消息。

5

林振合在回到解剖室的同時，助手就把徐源泰的病理檢驗報告拿過來了。裝著報告書的牛皮紙袋彌封完整。林振合支開助手，決定自己一人先看。

當發現那是絲狀病毒時，林振合望著病毒的圖片，手抖得厲害。

他彷彿瞬間回憶起最不堪的場景，眼神直愣愣的，一時間像是不知所措。當他反應過來時，他已經撥打了某通電話。而電話接通的瞬間，對方劈頭就說：「不要開口。半小時之後，在以前那個地方等我。」

那個地方也不是很特殊，只是一間舊鐵皮倉庫改造成的咖啡廳。平日沒多少人光顧，老闆也是個耳背的老人。

林振合先到，找了個靠裡邊的位置。不久，周俊賢也來了。擔任縣府秘書長後，周俊賢的衣著就變得相當華麗。

「找我做什麼？當初就說了沒事不要聯絡。」周俊賢看上去有點為難，「我工作很忙。」

林振合也並非自願提出這次會面的，可是別無他法。他壓低聲音說：「那個病毒又出現了。」

周俊賢先是一愣，接著才嘲弄般笑道：「不可能。」

「已經有兩名死者出現了。被人刻意注射病毒，不到二十四小時就暴斃。我想你那邊過不了多久也會知道，兇手現在提出條件，要政府公開七年前事件的真相，否則就要開始散播病毒。」

周俊賢聽了，下意識咬著手指甲，接著醒悟過來，勉強把手指放開。「這是哪時候的事？」

「今天上午。」

「我知道了，我會找人商量。在那之前，你不需要做任何行動，明白嗎？」

林振合點頭。看周俊賢立刻要走，他連忙抓住他問，「你有想過坦承這一切嗎？」

周俊賢先是盯著林振合的表情，然後冷漠說道：「坦承這一切，然後身敗名裂、失去所有嗎？」

周俊賢快步離開。他的態度很明確了。但林振合陷入更深的煩惱中。

6

江鑫剛收集完徐源泰和陳義鈞的個人資料，回到局裡，就坐在位置上，翹起腳，開始過濾兩人之間是否有關連。在他們身上注射病毒的犯人說過，這兩人都不無辜，是不是指他們曾共同犯了罪？

徐源泰是醫院院長，陳義鈞則是退休軍人，職業上看似沒什麼相交點。他們的地址也不同，家庭背景、出生日期，甚至連保險公司都不一樣。到底他們身上是具備哪種原因才會被犯人所殺？

七年前又發生什麼事？

江鑫的腦袋不停運轉，有關辦案的諸多想法陸陸續續闖進腦海，其中還夾雜了稍早孫志忠說的那句：「你女兒今天運動會。」女兒那張小臉跟著遭虐豁的屍體攏在一起，這種反覆清除又並排現實與職責的過程一直讓江鑫痛苦萬分。

天曉得他有多煩。

桌上的時鐘分分秒秒轉動。江鑫放下搜查資料，看見秒針如同催眠一般，迫使他離開分局。而他也這麼做了。走過忙亂的同事們身後，遁逃似地將車子開出去。

車速數度超限，又被理智挽回，最後停在校園的鐵絲網外面。江鑫一下子就找到女兒的身影了，這是他自認唯一值得炫耀的才能，在人海裡找到他牽掛的人與物。他還記得女兒三歲時很喜歡玩捉迷藏，然後當每次他將女兒抱起時，女兒會說這不公平，因為他是警察。

說實在的——警察這兩個字到底掩蓋了多少重要的東西？

他想，如果要他解釋為什麼總是可以找到他的女兒，他會說因為他是爸爸，是父親，而不是警察。如果當鄰里感謝他的付出稱讚他是好警察時，不如說那是因為他體內的正義感作祟。警察這兩個字，根本不像國語字典那樣可以幾行字就解釋清楚……但現在無所謂了。

江鑫在車內往前望，看見女兒正在拉扯額頭上綁的紅色頭巾。他那濃妝艷抹的前妻拍拍女兒褲子上的灰塵，讓她坐下。這張長板凳上面還坐著一個男人，年輕男人，滿臉笑容又富有活動力，將自己腳踝上的繩子和女兒的左腳綁在一起。應該是在玩兩人三腳吧？他猜測，運動會有這項活動？還是說這是新爸爸對繼女示好的手段之一？他不知道。畢竟他沒參加過任何一次女兒學校的活動。

他開始抽煙，讓整台車的密閉空間瀰漫了這種據說足以致癌的廢氣。眼前一家三口的情況他想像過好幾次，只是沒想到父親的面孔不是他。江鑫開始感覺自己像個悲慘的漫畫人物，像童話故事裡那個得不到皇族寵愛的瘋狂惡魔。

扣、扣！

車窗被人敲了兩聲。

江鑫拿走嘴裡的菸後才開了車窗。外頭站著兩個巡邏中的學弟。

「學長？」其中一位制服員警難掩詫異，「我還以為是誰一直把車停在這裡呢。學長你在幹嘛？這樣很可疑哦！」

「煙癮犯了。」他簡單地搪塞過去。「要閃了。」

那兩個學弟往後退，繼續往前巡邏。江鑫啟動引擎，收起手煞車，轉動方向盤之前又往女兒那邊看一眼。

女兒和前妻他們已經不在剛剛的長板凳上了。

江鑫的內心有道聲音在說：往旁邊看一下，你就能再找到女兒的身影。你總是可以找到她。

可是江鑫收回了視線。

找到又能怎樣？

他只是一個警察，不是爸爸了。

7

等待列印機吐出結案報告時，李武擎將紙杯裡剩餘的咖啡一飲而盡。時值傍晚，外送便當的商家陸續抵達。李武擎將結案報告夾在資料夾裡，走出了刑事局的偵查隊辦公室。

這是一件蒐證長達半年的刑案，多達數十人的嫌犯涉嫌暴力討債、恐嚇、殺人未遂等等不法情事，經台北市各相關分局協助，終於將嫌犯一一移送台灣台北地方法院檢察署。李武擎不是主辦警官，但礙於他在承辦過程中屢屢因故缺席——包括原本在家自省的一個星期，以及他莫名其妙參與了小琉球的案件——於是枯燥繁複的紙本工作自然就落在他頭上。

把結案報告寫出來不算完，還得一層一層往上遞送，蓋章查核。不過李武擎交報告前有個特別的階段，那就是他的好友兼同僚，任職督察員的男人唐聿，十分理性地勸告過：如果不想一直修改難看的報告，最適宜的辦法就是讓他先過目。

照理說有這麼一個免費幫忙的友人存在，是該感激不盡的幸福，然而照李武擎的個性來說，這種事除了「麻煩死了」之外沒有其他感想。

說不定直接就過關了，也不需要身任督察員的傢伙多此一舉，再說了，大家都對督察的抽查非常反感。

只是每當李武擎如此反駁時，唐聿僅是微微一笑，然後將下巴抬高一點，慢條斯理地說：「人要面對現實。我想請李警官你不要再幻想不切實際的事了。想想你過去報告書被要求補充說明的機率吧，要是長官因此懷疑整個偵一隊都是偷懶的混蛋該怎麼辦？請不要拖你的隊友們下水。」

「你只是想罵我混蛋而已吧？」

唐聿笑。「請加油。」

嘖。

李武擎加快腳步，努力揮別腦海中有關唐聿那張驕傲的面孔。儘管兩人已經認識超過十多年，彼此之間的交情也比其他人深厚，似乎什麼事都可以互相理解，不過偶爾有幾個場合，李武擎會想扭斷唐聿的脖子。

打開督察室的門，理所當然迎來一些瞥來的目光。李武擎沒和誰打招呼，直接走向唐聿的座位，將報告書丟在桌上，沒想到卻發覺唐聿的公事包不見了。

桌上有個標明座位人狀況的三角長柱體，標示牌翻到「下班」那面。

他的視線往旁邊一掃，看見行事曆上註記了餐廳名稱與時間。看樣子唐聿有個晚餐約會，將在一小時後開始。

李武擎看著那「下班」的牌子，有些不爽地撥打了唐聿的電話，電話接通時，傳來快節奏的外文音樂。

「你在哪？」

「健身房。」

唐聿的聲音聽起來很遠，也許開了擴音。

「現在健身也來不及了。」

無視李武擎的調侃，唐聿說：「報告寫完沒？」

「你讓我趕報告，結果自己下班是不是太沒義氣了？」

「報告寫好放我桌上。」

「哎……」

電話直接掛斷。

李武擎僵住了兩三秒才反應過來，唐聿那傢伙居然掛他電話！可惡，該不會是還在鬧彆扭吧？自從從小琉球回來，對唐聿解釋了有關秘密帳戶的前因後果，他就覺得唐聿這陣子心情一直很糟。李武擎正猶豫要不要打電話過去在接通的瞬間掛斷，一通即時訊息進來了。

『過來。有案子。』

發信人是秦泯一。

不得已，李武擎放棄了幼稚的報復念頭。

8

維持時速八公里，跑步機上面的時間累積剛好計算滿一小時。唐聿停止機台，大口喘氣，捏著衣領擦拭臉上的汗水。

稍後還有與女友的晚餐之約。

他把水瓶、手機拿著，到自己的櫃子裡拿了乾淨的換洗衣物。

沖澡的時候，唐聿腦子裡想的全是秘密帳戶的事。

半個月前，他和李武擎在小琉球遇到一個案子，主犯為了替自己枉死的親人復仇，接連殺害二人，儘管阻止了主犯對第三人出手，最後主犯卻和共犯嫌疑人一起葬生在小琉球的地下溶洞內。據說事後尋獲兩嫌犯時遺體殘缺不全，也因為多日浸泡在海水中而難以辨識面容。

這案子的主犯引燃炸藥自殺，臨死前脫口而出「秘密帳戶」四字，顯示他們利用可燃冰研究牟取不當利益的作法另有內情。可惜當時沒機會詢問清楚，秘密帳戶這條線索便暫時隨嫌犯二人的死亡而中斷。

與秘密帳戶相關的或許還有一人，那就是與該案死者之一毛仰祺有往來、身為新晴生技公司總經理的梁家祥。不過事後梁家祥不與外界聯絡，僅指派律師出面處理，最終因為他與案情無關，於是警方也並未強制本人到場說明。

梁家祥與秘密帳戶之間的關連還不明確，可秘密帳戶的存在本身就疑點重重了——其後唐聿才知道，原來李武擎就是為了追查秘密帳戶的線索才到小琉球去，而這是受了秦汦一的指示。

從小琉球回台北的翌日，李武擎仍受於在家自省的懲處期內，唐聿趁機逼問了李武擎溜去小琉球的目的，雖然一開始搪塞的理由千奇百怪，最後李武擎還是說出自己與秦汦一的協議。

一切都是從那時候開始。

那是一個月前的事了。

＊

（一個月前，黎海凡租屋處）

身後的腳步聲剛傳來，基於警覺，李武擎立刻回頭。

「不好意思，有空聊幾句嗎？李刑警。」

隨著溫雅聲音遞出的是一張名片。

李武擎認得出這個男人，疑惑片刻，才收下對方的名片。名片上的頭銜證實李武擎沒認錯人——秦泯一，現役台北地方法院檢察官。

刑警的工作或多或少會與檢察官有接觸，儘管不是直接碰面，但大抵上有哪些相關人員的名號都是曉得的。

「檢察官找我有什麼事？」李武擎沒傻到相信檢察官會為了他手裡的小案子現身，也絕不是日常訪查想觀察刑警的工作狀態。突如其來出現的人物，這讓李武擎的語氣在無意中帶了一些敵意。

這時候李武擎正獨自一人在黎海凡的宿舍拿取換洗衣物。黎海凡是牽扯某件命案的重要證人，足以證實目前被緊急逮捕的嫌疑犯是遭人誣陷入罪，但黎海凡不願意出面作證，唯一的理由就是他受到生命威脅，有不知名的第三方要求他保持緘默，甚至一度利用車禍示威。

儘管在車輪下逃過一劫，也沒讓黎海凡激起任何想與正義比肩的勇氣。李武擎深知黎海凡的性格怯弱，但又不捨得放掉這條線索，所以決定在黎海凡改變心意前助他藏身。

「是有關於你母親，李妍女士的事。」

秦泯一話剛脫口，李武擎就感覺自己的心臟重重跳了一下。

他認真注視著秦泯一。「把話說清楚。」

沒去計較李武擎生硬的口吻，秦泯一坦率回應道：「我知道令堂的命案有疑點——」勾起唇角，表現出略顯不在意的微笑，他接著說：「不過這已經是十年前的案子了，而且早就結案，如果你沒有任何疑問的話，那我也就不提了。」

實話說，李武擎氣得想揍人。他厭惡秦泯一自負的態度，但沒漏聽秦泯一說的每個字。這位檢察官剛才說了「知道」他母親的命案有疑點，而非「懷疑」。

這是第一次有除了唐聿以外的人，對他母親的案子表現出質疑的態度。

在李武擎十八歲那年，他擔任警察的母親李妍在路上遇到有人持刀綁架一位過路女子，企圖以此做為籌碼與警方對峙。李妍見狀，隨即大膽向犯人提議，以自身作為交換，要求犯人釋放該名無辜女子。

當時案件記錄的事發經過，描述犯人在李妍說出自己是警察的身份後，認為她更能達到威嚇警方的目的，於是答應交換人質——這一幕在大街上上演。

之後犯人挾持李妍，搶劫一台計程車來到郊區一間廢棄工廠。隨後抵達現場的警方包圍了工廠。雙方僵持六小時多，最後警方選擇在半夜攻堅，而手持利刃的犯人在警方攻堅過程中刺傷李妍。李妍因肺部破裂，送醫前不治。

犯人在遭到逮捕的過程中，偷偷服用毒藥自殺。犯人的名字叫黃泰奇——李武擎一輩子都不會忘記這個名字。

這個案子老早就結案了，李妍也以殉職員警的身份有了一場隆重的葬禮。但就在李武擎承襲母志，於警大唸書期間，他和唐聿偶然聽一位將屆退休、擔任教官的警察前輩提到，當時那場廢棄工廠的攻堅過程非常草率。

在警方攻堅之前，會對現場狀況多加評估。負責觀察現場環境的狙擊手是警方得知現場狀態的第一步。在當時，狙擊手報告人質有迫切的危險，這是警方決定攻堅的主因之一。第二，雙方對峙的時間超過六小時，可在這六小時內，警方沒有進一步與歹徒取得共識，也沒有任何機具可以潛入現場竊聽歹徒與人質的談話。

「我的說法是有根據的。」

秦淝一提出他的理由，接著說明那時警方攻堅的瞬間，犯人黃泰奇驚惶失措，這一幕有被裝備在攻堅人員胸前的側錄器錄下，可是黃泰奇如何錯手刺傷李妍，如何在慌亂中吞下毒藥，恰好都沒有任何側錄機錄到這些事情的經過。

詭異的六小時。詭異的刺殺身亡。詭異的毒藥。

於是李武擎明白了，母親死在一場陰謀裡。他一邊懊惱母親的正義感、一邊在自己沒有足夠力量找出內幕的時刻感到痛心。已經毫無收穫過了多少年了啊？倘若有任何可以觸及真相的線索，不管是什麼他都願意嘗試。

黎海凡這單身宅男的小坪數宿舍顯然不是個良好的談話環境，不過此刻也得將就了。李武擎決定迎合對方。

「你的根據就是當初現場狀況沒有人錄下來？」李武擎不想直接表達自己的立場，他還在試探。

「雖然我也懷疑過這一點，但現場所有執行攻堅的人都證實了黃泰奇的犯行。考量過當年的警員配備，沒有側錄器也很正常。」

秦泯一微微一笑。「你要這麼說的話……呵，那我問你，你知道那時候黃泰奇為何要當街擄走人質嗎？」

「案件記錄上寫黃泰奇因為盜領公款遭到公司解雇，案發當天偷偷溜進公司被發現，公司警衛抓住他。掙扎期間，黃泰奇隨便抓了一位女性路人，以此威脅所有人退下。」

「那麼你知道解雇黃泰奇的公司嗎？」

「是一間外貿公司，名字好像是……」

「千源。」秦泯一說，「不過名稱並不是很重要。」

「因為千源貿易在黃泰奇死後三個月就宣告破產倒閉了？」

「千源倒閉不是因為黃泰奇作假帳，真正原因在於它必須倒閉，才能隱藏黃泰奇發現的嚴重事實。」

李武擎皺眉，必須倒閉？「什麼意思？」

「黃泰奇先前分別擔任過五家企業的高階主管，」秦泯一解釋說：「經過調查後發現，黃泰奇經手過的公司帳目都會有問題。簡單來說，黃泰奇就是負責替這些公司作假帳的人。」

「那又怎麼樣？」

「黃泰奇的工作一直都很順利，直到他來到千源，發生意外，導致他作假帳的事情曝光，這時候，他回過頭求助指使他作帳的人，卻沒有辦法得到幫助。」

「等等，」李武擎發問：「你怎麼知道是有人讓黃泰奇去作假帳的？」

秦泯一答道：「一般來說，頻繁跳槽的員工，是不可能每次都直接擔任下一家公司的主管階級。黃泰奇是被有心人安插進去的。他替那些公司作假帳，處理帳目，事成之後就跳槽離開。」

「照你這樣說，黃泰奇作假帳被發現，但命令他的人卻決定放棄這顆棋子？黃泰奇為那個人做了那麼多，難道不怕事情被抖出去？」

「就是因為知道太多，黃泰奇才被滅口。」秦泯一說：「他知道了作帳以外的事，被認定變成威脅，所以對方決定剷除他。」

「剷除黃泰奇的辦法就是買通攻堅人員，在他嘴裡塞毒藥？」

「是的。」

儘管秦泯一說得信誓旦旦，李武擎仍半信半疑。

李武擎盯著秦泯一的臉，沒發覺自己的聲音帶著日積月累的沮喪。「你為什麼要管這件案子？這是十多年前的事了，而且已經結案，普通根本不會有人在意。」

「我需要你幫我。」秦泯一堅決地說。

「幫你什麼？」

「我知道黃泰奇在替誰作假帳。黃泰奇將那些公司的錢轉移出去，雖然經過轉帳的小手段，但最後都落到某個帳戶裡——秘密帳戶。」

「秘密帳戶……」

「對，就是一個秘密帳戶。」秦泯一說：「這個帳戶不僅僅有黃泰奇搬過去的錢，還有很多超乎你想像的金錢來源。我們國內不少政要，甚至警方高層都和這個帳戶有牽扯，只是我們看不出來。它已經存在很久了，還沒有人能成功挖掘秘密帳戶的真面目。」

「所以你在調查這個秘密帳戶？」李武擎說：「檢察官的職責所需？」

「當然這也是原因之一。」秦沅一又說：「只靠我是不行的，在各方面，我都需要一些人來幫我，而這些人必須保守秘密，有能力完成我囑託的事，也要對我絕對誠實。令堂被牽涉到這件案子裡，我認為你應該會選擇站在跟我同一個立場。我不希望體會到被人從背後捅一刀的滋味。」

「你知道剛才你在交代為什麼要查秘密帳戶的時候也很不乾脆嗎？」

面對李武擎的調侃，秦沅一只是簡單說：「那是因為我目前對秘密帳戶所知不多。」

李武擎並不打算追問。至少，這個時候還不需要追問下去。

如果目的地相同，兩人不同路也無妨。

「說吧，你要我怎麼做？」

「第一，先不要讓黎海凡出面，他手上握著的不是一件命案的線索而已，而是秘密帳戶的某個轉帳資源。照目前看來，黎海凡大概還沒意識到自己被牽連其中。」

「你要我讓一個無辜的人被安上殺人罪？」李武擎揚聲。

「那只是暫時的情況。時間一到，證據不足自然會放人。」

李武擎對此仍感到不滿。就算只是遭受嫌疑被扣在拘留所，那日子對嫌疑人來說也很難熬，尤其是心理上的負擔。清白的人不該經受這種罪。

似乎看出李武擎的猶豫，秦沅一勸道：「事情不可能盡善盡美，總是要有一些犧牲。加上你還沒想到比這更好的處理方式。」

「……」

「不必多想那些沒用的小問題。」秦泯一緩緩述說：「秘密帳戶裡有很多正在營運的項目，我要有人去一點一滴破壞它，這就是第二點。我得到消息，小琉球那邊……」

*

你應該先跟我商量的——

在聽完李武擎說出與秦泯一碰面的經過，唐聿如此爭論。然而說這句話時，他們已從小琉球回來，李武擎也確切知悉秘密帳戶真實存在。

現在說什麼都太遲。

李武擎在辦案的時候會表現嚴謹的思考，但一碰上母親李妍的案子，稍有個風吹草動都會顯得過於敏感。

唐聿不是想排斥任何有關李妍命案的新線索，但秦泯一這個人到底值不值得信任？他很擔心李武擎會被引誘成了馬前卒。

畢竟那是秦泯一呀，雖然秦泯一的起訴成功率號稱高達百分之百，但這同時也是建立在他手下那些殉職的員警手上。臥底、強制查緝，各種暴力衝突，佈線採證。秦泯一總是握有絕對證據才出手，也有人指出秦泯一的行為讓不少同仁葬送掉警察生涯。

秦泯一想讓李武擎去查秘密帳戶，提供的各項線索到底有幾分可信度？說起來，秦泯一是怎麼發現秘密帳戶存在的？又是從哪裡得到秘密帳戶運作的消息？

最重要的是，那個提供秦泯一秘密帳戶營運項目線索的線人是誰？既然足以讓李武擎到現場搜查，為何又無法直接說出確切的證據、非得他們到現場偵察摸索呢？

唐聿認真思考這些疑點，直到過冷的水溫完全平息了他的體溫。

9

坐在裝潢典雅的法式餐廳內，唐聿確認手機上的時間，等候簡雁音到來。前天，她忽然說訂好了餐廳座位，要和他一起出去吃飯。

餐廳位於台北市的黃金地段，據說預約訂位要提早兩個月。餐廳內的氣氛極好，座席寬闊舒適，但唐聿就是感覺有那麼一絲不適應。附近的一桌傳來情侶間相談甚歡的笑聲。他想他之所以格格不入，或許只是因為他的心始終不在這裡。

簡雁音是現任警政署秘書室主任秘書簡誠元的掌上明珠。唐聿與她偶然在某次活動會議上遇到，持續聯絡數次，其後順理成章展開了交往，到現在也半年多了。雖然這麼說有些卑鄙，但唐聿的確是在她擁有一個絕佳家庭背景的大前提下與她在一起，他期待從她身上得到什麼，宛若一項投資。

服務生走過來，對唐聿輕聲說：「不好意思，您的朋友來了。」

唐聿抬眼，望著從大門方向走過來的簡雁音。她由另一位服務生領著，優雅走近。儘管對簡雁音的真心稍欠火候，唐聿仍不得不承認她是一位極具魅力的女子。她之前傳來的簡訊說特別去髮廊做造型，而棕色的大波浪捲髮的確讓她精緻的五官更加動人。
身上那湛藍色迷你裙徹底展露了她的腰身。靠近的時候，唐聿輕輕扶著她的後腰，很自然在她的臉頰吻了一下。
「等很久了嗎？」
「沒有。妳坐吧。」
服務生已準備好為女性顧客拉開椅子，唐聿擺了擺手，示意他要親自來。簡雁音笑盈盈地輕聲道了謝。
餐前酒與開胃菜很快先送上來。簡雁音舉杯，有些神秘地問：「你知道今天是什麼日子嗎？」
「我們交往滿六個月。」
「你居然記得？」她很驚喜，「我以為男生都不會注意這些。」
唐聿啜了一口酒，「我提早寫在行事曆裡面了，每個月提醒一次。我很期待每一次的紀念日。」
簡雁音聽了之後有些臉紅，望著以處變不驚的態度說話的男友，她嫵媚托腮，柔聲說：「怎麼辦？我好像又更愛你了呢……」
唐聿掛著紳士般的微笑，切開盤子裡的龍蝦肉餵到她嘴裡。

*

檢察官辦公室內，李武擎剛拿了秦泯一遞來的文件。前者坐在會客沙發上，一邊閱覽文件，一邊扭扭鼻子，顯然還沒適應滿室的百合花香氣。

不管什麼時候來，放在這間辦公室裡的百合花總是盛開而且花香撲鼻。

「屏東有個案子需要刑事局的人支援，我安排讓你過去。」秦泯一端坐在辦公桌前說：「這個案子牽連太廣，極度機密，要是洩漏出去，完蛋的不只政府，還會引起社會恐慌。」

如此嚴重的說詞，讓李武擎變得嚴肅起來，尤其他剛翻開卷宗，看到第一幀照片，就忍不住皺起眉心。

照片上是一個人的軀幹上半身特寫，優秀的畫素將這個人皮膚上的密集膿泡與膨脹發皺的皮膚都拍攝得清清楚楚。看到照片，李武擎能感覺自己的手臂都豎起汗毛、起了疙瘩。

照片下有文字註明「病毒感染致死，死者徐源泰，男，55歲」。李武擎又稍微翻了翻後面幾頁，出現第二名死者的資料，「陳義鈞，男，53歲」，陳義鈞的屍體近照與徐源泰有相似的症狀。但這裡只有死者的驗屍報告，卻沒有解釋病毒的內容。

「這裡說的病毒是指什麼？」李武擎問。

「雖然覺得沒有必要，但還是先說一聲——這件事已經被下了封口令，」秦泯一先言明彼此必須遵守的大前提，「報告上說的病毒還沒有查出它的真面目，現在只知道它是絲狀病毒的一種。」

「絲狀病毒……」李武擎唯恐自己錯認，「你是說伊波拉那種絲狀病毒？」

秦泯一頷首。「沒錯。」

伊波拉病毒是最廣為人知的絲狀病毒科，為致死率極高的傳染病毒。伊波拉病毒多在國外肆虐，雖說亞洲沒有疫區，但國內的警職、軍職與醫護人員都被指示仍要高度關注伊波拉疫情以防萬一。

「在台灣？」李武擎質疑，「會不會是搞錯了？」

「我們也希望這會是個大烏龍。」秦泯一以遺憾的口吻說：「可惜經過反覆檢測，證實的確是絲狀病毒。疾管署推測是新型絲狀病毒，與伊波拉類似，卻不屬於目前世上已知的任何伊波拉病毒亞種。」

新型病毒這種字眼代表所有人都面臨了更大的挑戰。

「讓我猜猜，」李武擎說：「我們沒有這種新病毒的疫苗，也沒有應對新病毒爆發的方法？」

「你說對一半。確實是沒有疫苗，不如說，現在世界上也沒有哪一個國家能有效控制絲狀病毒蔓延。至於應對方法嘛，最基本的就是全都隔離起來。」

「你所謂的隔離就是對所有人下禁口令？」

「有時候你很幽默。」

「我很好奇這個……」李武擎用食指輕彈文件，「這兩名死者，他們的家人在知道病毒的事情後會怎麼辦？」

「沒怎麼辦。目前是以新型流感為由向家人說明死者因此暴斃，而且為免傳染，也希望他們不要與死者有接觸。發現第一名死者徐源泰死因怪異的法醫很機警，他阻止警方碰觸死者與現場，並對案發現場與周遭都進行消毒。」秦泯一接著說：「驗屍時也立刻採了檢體進行病理檢驗，檢驗報告出來後立刻通報了衛福部，疾管署也派人在第一時間取得檢體進一步確認。就防範傳染病毒擴散的第一步來說，我覺得這種應對已經很不錯了。」

李武擎翻翻資料。「目前只有這兩人感染病毒？」

「目前，是的，屏東醫院那裡也沒有接收到類似症狀的病人，其他有疑慮的警務人員都在抽血進行檢驗。據疾管署的報告說明，如果是處於潛伏期的感染者，就算還沒有顯現病徵，血液檢查也能提早檢測出來。」

「那好。」李武擎說：「死者感染病毒的原因呢？他們在近期出國？」

「不，他們都沒有出國。不僅這大半年都沒有出過國，也沒有靠近過任何化學實驗室。」話鋒一轉，秦泯一凝色道：「現在你應該知道事情需要高度保密的理由了。目前疾管署的人假設，這種致命病毒是在我們台灣本土發現的。」

真是令人吃驚。李武擎心想，同時回憶先前對伊波拉的認識，伊波拉透過接觸傳染，體液、血液、排泄物，只要稍微接觸到，病毒就會滲進肉眼看不見的皮膚毛孔裡，開始攪亂宿主的身體機能。伊波拉目前沒有有效疫苗，也沒有絕對生效的藥物，一旦感染……

「唐聿會跟你去。」

聽到秦泯一開口，李武擎的注意力立刻從沉思中抽回。「不必。」他回應，「讓他待在台北。」

「這算什麼？同袍之情？」秦泯一笑得有些奸詐，「雖然你的顧慮令人感動，但這件事沒辦法讓你選擇，何況你之前還把秘密帳戶的事情告訴他，我想他是抽不開身了。你還想聽我說其他唐聿必須待在你身邊的原因嗎？」

李武擎一臉無趣。

「只怪你自己社交能力太差勁了。這次的病毒是機密中的機密，團隊合作很重要，你需要唐聿為你打掩護。」

「行了行了。」李武擎懶得再聽別人批評他的交際圈，「你說這次的病毒和秘密帳戶有關？」

「有沒有關係還不清楚，但我知道秘密帳戶有在執行一個與基因疫苗有關的項目，正好就在屏東，由新晴生技負責研發。」秦泯一繼續說明：「秘密帳戶的每個項目都是各自獨立，很難打聽內部消息，新晴生技是我目前所知最大的線索。這次的病毒和秘密帳戶無關就算了，有關的話，就請你找出執行人。」

上一次秘密帳戶在小琉球暗中開發可燃冰的執行人是毛仰祺。這次呢？

李武擎沉默不語。這讓秦泯一以為他在猶豫不決。

「還有一件事，」秦泯一說：「疾管署昨天已派一批人過去屏東，關注病毒在當地的擴散狀況，其中有兩位是專門負責和你接洽的。一個是檢驗及疫苗中心的組長，一個是她的助手，她們能力不錯，能短時間判斷病例。你接下來在調查死者感染病毒的原因以及探查病毒來源過程的時候，應該會需要專業的醫療諮詢。」

「知道了。」李武擎低聲回應，起身離開。

10

服務生收走主菜的空盤，並稍微整理了桌面。這短暫的時間裡，他們雙方都沒有說話。

唐聿順手按開手機看了一眼時間。沒有郵件、沒有訊息。顯示氣溫的手機軟體表明今晚是個過熱的一夜。

「等一下要去哪裡呢？」

看著簡雁音滿懷期待的目光，唐聿反問：「妳有什麼好提議？」

「嗯……最近剛好有一部我滿期待的電影。」然而話剛說完，她就看見有個男人進了這間餐廳。

「什麼片名？」

簡雁音沒有回答，只是笑著說：「看起來你好像沒空了呦。」

「嗯？」

還搞不清楚狀況的唐聿，順著她的目光望去。回頭一看，整張臉立刻垮下來。

「嗨！」李武擎招手。臉上沒有一丁點打擾到朋友約會的歉咎。

唐聿板著臉問：「你為什麼出現在這裡？」

「通知你出公差。」李武擎從口袋拿出通知書副本。由檢察官直接交代的公文效率就是快速。

唐聿接過通知書時，李武擎與簡雁音對上視線。

「妳不介意吧？我看你們好像也吃得差不多了。」

「你這傢伙……先滾開一點！」唐聿低叱，把李武擎往後拉。

「我知道他是誰喔！」簡雁音綻放笑容：「之前你跟我提到過嘛。要先一起吃點心嗎？聽說這裡的甜點很棒。」

「不了，反正他也吃不出味道。」重新穩定紳士般的微笑，唐聿對簡雁音說明：「抱歉，好像臨時有事。」

「看得出來。」簡雁音問：「是麻煩的案子嗎？」

「呃……」唐聿避重就輕地說：「要去南部一趟。」

「咦，好遠喔。」

「抱歉。」

「不用道歉啦，我明白的，我爸爸以前也是警察嘛。」簡雁音站起來，繞到唐聿身前，「既然你要先離開，那你的甜點就歸我囉！」說著，她主動與唐聿接吻。

唐聿變得有些緊張。很多時候，他會覺得她的熱情難以招架，尤其在公共場合，很多男性都會對她行注目禮。

「路上小心。」簡雁音溫柔撫了撫唐聿的領帶。唐聿欲言又止，她倒是很開明地說：「快跟上去吧，你朋友都走出去了呢。」

唐聿先結了帳，步出餐廳時，看見李武擎站在對街一輛休旅車旁。唐聿穿越車道，直接打開副駕駛座的車門。

「拜託，下次在事情發生前可以先給我個心理準備嗎？」唐聿一坐進車子，劈頭就說。

李武擎開車。「又不是上斷頭台，要什麼心理準備？」

唐聿扶額。「你那什麼聯想力？我的意思是你可以先打電話說一聲！」

「——我可以理解唐督察的意思啦！」

突如其來冒出的聲音讓唐聿愣了一下。猛回頭，看見黎海凡圓滾滾的臉頰湊上來。

黎海凡用著彷彿在聞試管內化學液體的刺激氣味般的手勢在唐聿身上揮動，「你聞聞，人家都洗好澡了耶，全身都是肥皂味，又跟女朋友在一起，肯定是想這個那個的嘛！結果全部被你破壞了哦！是個男人都會生氣。俗話說生育率低下人人有責……唔！」

「不要在那邊亂推理！」唐聿大手一張，扒住黎海凡的額頭往後推。「我只是之前去健身房而已！勸你不要惹我，否則即使你是什麼案子的重要證人，我也會立刻把你丟下車！」

黎海凡往後跌坐回後座，沒想到車子恰好一個轉彎，原本放在旁邊椅子上的女神模型正好被他的屁股壓住。「哇嗚！」他頓時哀嚎出聲，「不——！」

「天啊……」唐聿嘆了一口氣，托了托眼鏡，瞪著李武擎問：「他怎麼會在這裡？」

「需要一個會電腦的。」

「他不是警察！」

「不要警察。」

「……」沒察覺事有蹊蹺就有鬼了。唐聿悶不吭聲。

李武擎下巴朝副駕駛座前方的置物格點了點。「公差資料放在那裡。」

唐聿咋舌，開抽屜把東西都拿出來。黎海凡還在哀悼他的二次元老婆，唐聿往後方大喊：「吵死了！安靜一點！」

黎海凡哽咽：「唐督察簡直是魔鬼……為什麼我會遇上你們呢？一個剛剛二話不說把我從家裡拉出來，一個對我大吼大叫，我明明說不要了……」

唐聿無視黎海凡的抱怨，頗不耐煩地將領帶拉開一些。「李武擎，你是要直接開夜車到屏東？」

「對啊。晚上沒車大約四小時左右就到了吧。」

「嗯。」唐聿的目光回到資料上，因為光線過暗，還拿了抽屜裡的手電筒來照。「為什麼會叫你去？說起來由我陪同也是很怪。」

「秦浘一安排的。」

「果然。」唐聿的語氣不太友善。

黎海凡偷聽這段對話，忽然說：「慢著，為什麼我覺得氣氛有些怪？你們在說什麼不妙的事喔？可以等四下無人的時候再交談嗎？」

他的願望在唐聿看了資料後實現了。唐聿靜默著把絲狀病毒的資料看完，有那麼一會兒他不知道該說什麼。

「你確定這是我們能管的嗎？」與伊波拉類似的新型病毒，光是想像它爆發的一幕就令人頭皮發麻。唐聿看向駕駛座李武擎的側臉，埋怨道：「太誇張了！再說，我們沒有相關醫學知識，這……秦檢察官到底在想什麼？」

「這次的事或許和秘密帳戶有關。」李武擎輕描淡寫說道，「新晴生技恐怕也涉入其中。」

「等一下！你們在說什麼？」黎海凡再度哀嚎，「看唐督察這態度肯定不是小事，最好不要透露給普通市民知道吧！我自願下車喔。話說我到底跟著你們要幹嘛？都不說清楚的喔！」

「剛剛不是才告訴你是協助警方辦案嗎。」李武擎說。

黎海凡強調：「我是說具體來說要做什麼？」心知自己被李武擎保護人身安全，黎海凡竟也習慣這種互助互惠的生活模式。之前李武擎辦案所需，讓他駭入其他事務所盜取資料，完全免責又有鏟奸除惡的成就感倒也不錯。

李武擎單手在口袋裡摸索，拿出一枚隨身碟往後丟。

「哇嗚！」黎海凡慌張接住。

「先從這個開始好了，」李武擎說：「裡面是新晴生技使用的防火牆，破解之後我需要公司內部的人事名單。」

「什麼時候要？」

「越快越好。」

「OK！」黎海凡興沖沖打開筆記型電腦，不忘將如同人生伴侶存在般的動漫公仔夾在輕薄的筆電螢幕上。

唐聿小聲問：「防火牆哪來的？」

「秦泯一給的。」

又是秦泯一提供的線索。

不管怎麼想，唐聿始終無法相信秦泯一這個人。

11

車子停下時，唐聿緩緩睜開眼睛。原本只打算閉目養神，結果似乎小睡了片刻。天色已完全暗下，唐聿看了看時間，半夜十一點十九分，他們已從台北出發過了兩小時多了。

李武擎將車子熄火，抽出鑰匙。

「你要去廁所？」

「買咖啡。」

「我跟你去。」唐聿跟著解開安全帶。

黎海凡窩在後座鼾聲陣陣，睡得正香。

這裡是古坑休息站。夜半時分，旅客三三兩兩。倒是有音樂聲在遠處響起。唐聿跟著李武擎繞過休息站外圍，接著看見李武擎指著遠處的廣場說：「有噴水池。」

唐聿先是愣了一下，然後在附近一張告示牌上看見水舞廣場的標誌，想來那圓形的場地被規劃成結合燈光與噴水表演的地點。

「快走啦，嚴格算起來現在是執勤中吧。」唐聿催促，「少在那裡無聊了。」

唐聿搶先走進休息區裡頭，找尋咖啡的蹤影。

「要吃東西嗎？」

「我還不餓。」

「也是。」李武擎隨口說：「剛剛才吃了貴死人的法國大餐。」

唐聿橫了他一眼，「你就羨慕吧！」

買完咖啡後，唐聿正想讓李武擎直接回車上，沒想到李武擎已經直接爬到二樓的觀景台去了。唐聿嘆了一氣才跟過去。

李武擎手肘搭在欄杆上，一邊眺望夜景、一邊品嚐剛買來的黑咖啡。唐聿走到他旁邊，「要換我開嗎？」

「你晚餐有喝酒吧？」

「兩杯紅酒。」

「算了吧。」李武擎說：「要是被抓到可不是好玩的。」

唐聿啜了一口咖啡，提出自己的想法，「可是為什麼要開車？直接搭高鐵不是比較快嗎？要車子的話也能找轄區同仁支援。」

「……」李武擎把咖啡杯湊近嘴唇，眼神直視前方。

沉默五秒後，唐聿頓悟身旁這個白癡根本沒想到搭乘大眾交通工具這個辦法。不如說這白癡很少把效率這個要件考慮在自己的行為裡。

唐聿已經懶得嘲笑他了。「秦泯一和你提過他線人的身份嗎？」李武擎搖頭後，唐聿接著問：「你不覺得奇怪嗎？」

「線人身份本來就需要保密。」

「話是這麼說沒錯……」唐聿忽然發現自己對秦泯一的敵意好像出自直覺，這對他來說很不尋常。

「這次說是屏東那邊有一項秘密帳戶的項目，讓我去探一探。」李武擎眼神平穩，聲音冷靜：「關於基因疫苗，跟這次的絲狀病毒好像攀了點關係。」李武擎聳聳肩，表示他也還沒能整理好，只能說到這裡。

唐聿怨道：「什麼啊？說得不清不楚。」

求人不如求己，說著唐聿逕自拿出手機搜尋「基因疫苗」的相關訊息。

簡單來說，傳統疫苗透過注射抗原進入動物體，以此誘發動物體內的免疫反應，產生該抗原的抗體蛋白。基因疫苗則進一步控制抗原的ＤＮＡ質體，使它在注入動物體內，只能誘發某種特定的免疫反應，降低不相干的副作用，達到更精準抵禦特定疾病的效果。

基因疫苗在國內仍處在研究階段，但這種免疫療法顯然早已深受國外醫療團隊關注，且施行臨床實驗。光是基因疫苗的未來，稍有遠見的人都能推估它的利益，世上有多少深受遺傳疾病、癌症、罕見病症所苦的人，就表示一劑基因疫苗能為主導者帶來多少錢財。

唐聿明白了，這果然是秘密帳戶一貫的手法。秘密帳戶所營運的項目總是充滿前瞻性，最重要的是帶有龐大利益。

「秦泯一有說要怎麼做嗎？」如果懷疑基因疫苗和目前在屏東醫院出現的新型絲狀病毒有關，難道是因為基因疫苗的研究出問題的關係？在研究的過程中製造出有毒物質而意外洩漏，這種事情說實在並不罕見。

「總之就是找出基因疫苗項目的執行人，搞破壞之類的——我猜啦。」

「猜你個大頭啦！」唐聿大罵，「虧你還能答應？被抓去賣都不知道！」

李武擎斜眼看他，「你是哪家的老媽嗎？」

唐聿直接搥了李武擎的肩膀一拳，害李武擎手上的咖啡差點濺出來。

「很危險哎！」

「你還知道危險喔？」唐聿很不客氣地揶揄。腦子裡又湧現直覺，告訴他真正危險的還在後頭。

12

這間掛著新晴生技研發部名號的實驗室、位於乏人問津的村落裡面。它原本是座落於屏東火車站附近一層設備完善的出租樓，但礙於實驗效率，最後費尚峰決定索性就暫且駐留在大武山山腳，倘若有事急需前往部落，這裡可以很快抵達登山口。

這個部落位於屏東縣霧台鄉的好茶村，是井步山與南隘寮溪中游旁的山坡地，海拔九百二十九公尺。原名為好茶部落，現稱之為「舊好茶」，用以和下遷至南隘寮溪下游右畔的河川台地「新好茶」部落作區隔。

此刻，實驗室內無比寂靜，彷彿也和歸巢的群鳥一般隱匿在夜色裡。

不銹鋼桌面上，兩台筆記型電腦都在嘶嘶運作中，掌上型的基因定序儀正在分析樣本，螢幕上顯示的基因圖譜會進行存檔，然後與資料庫中的已知記錄進行交互比對。

實驗室外，三名大漢以撲克牌打發這無聊的一天，他們是梁家祥派給費尚峰的助手，在這山林之間，有力氣的傢伙比穿白袍的知識份子有用得多。附近的電子收訊非常微弱，工作結束前他們勢必得和牌局為伍。但數小時前，他們才剛從舊好茶部落的石板屋裡頭挖出三具骨骸。

舊好茶部落的魯凱族人將親人的屍體葬在石板屋底下，這對費尚峰而言倒是幫助不小，至少他不用費心去找每座墳墓，何況自從魯凱族人遷村以後，幾乎無人居住在舊好茶部落。

一台電腦發出分析完成的警示音。費尚峰來到電腦旁，讀了讀螢幕上的訊息，不禁皺了眉頭。

他四十五歲了，研究病毒基因的時間佔了他生命一半以上。近來，越來越多科學研究佐證，人類體內約有百分之九十的基因屬於病毒基因，但這些病毒基因為了抵禦人體內的防禦機制，都會選擇隱藏自己，安分在人體內存活，甚至為了讓人類能延續它們，某些病毒還會偷偷滲入精子或卵細胞，讓人類替它們傳宗接代，如此一來，那些病毒就能在人體內持續共存。

這些潛藏在人體的病毒基因，大部分在時間的漫漫長河中都不再具有功能，只是窩在人類基因裡。但費尚峰認為它們之所以依然存在的原因絕對不僅是為了共存而已。病毒基因來勢洶洶，彷彿是為了報仇而甘於忍辱負重的軍隊，然而當年他以病毒基因做為論文主題，卻沒有教授願意認同這項論點。

其後費尚峰又提出其他例證，他以達爾文的進化論作為突破點。根據達爾文的進化論，天擇的過程源自於競爭，適者生存，不適者淘汰，認為萬物之所以存在是因為競爭的機械作用，不是為了追求更卓越的設計或意圖。

將進化論作為基礎，費尚峰以叉角羚為例，這種又名為美國羚羊、分布於美國中西部的物種，擁有遠遠超過現今所有食肉動物的奔跑速度，最高速度可達時速九十五公里。根據當今研究，叉角羚之所以有如此優異的奔跑速度，肇因於與北美獵豹將近四百萬年的競爭演化，牠們之間甚至以時速一百公里互相追逐。

但一萬年前，北美獵豹面臨滅絕，其後叉角羚不再有速度上的天敵。叉角羚的天敵變成狼或美洲獅，因此叉角羚開始演化出合適藏匿於草原的毛皮顏色，而且為了不被敏捷的狼發現，叉角羚善於維持靜臥狀態，以保護色隱藏自己的行跡。

倘若按照進化論來說，我們現在看見的叉角羚根本不需要如此快速的奔跑速度與耐力。牠們只需要全力應付狼群與獅子，或許還有人類，因此應該演化成較大體型或者增加繁衍後代的資本。可是現在的叉角羚依然有著優異的速度，牠們的身體仍以此目標存在，包括牠們細長的腿、與其他偶蹄類動物相異的腳蹄。

叉角羚的基因裡仍保留九十五公里的時速，母羚傾向選擇速度最快的配偶。這不是特例，而是存活下來的物種仍無法擺脫來自天敵的威脅，費尚峰認為，不僅叉角羚，所有擁有以進化論觀點而言看來過於「浪費」的生存條件，僅是因為這些物種篤信有一天那些威脅到生活環境的敵人將會捲土重來。

「——包括我們體內那些悶不作聲的病毒基因。為了讓那些病毒失去復活的契機，我們應該進行研究並盡快提取疫苗。趁我們的防禦機制尚未被那些潛伏的病毒摸清之前。」

這是費尚峰在獲得碩士學位後申請政府研究資金時的演講結論。他始終無法遺忘坐在台上的五位評審，面面相覷露出無奈笑容的模樣，彷彿在可憐他流於陰謀論的演說。

當審查結果公布，費尚峰再次失去獲得補助研究資金的機會，他已對這無趣的國家失去信心。他離開台灣，到了美國，輾轉參與了一項利用病毒消滅癌細胞的臨床實驗。那是針對黑色素瘤這種皮膚癌進行大規模病毒療法的實驗。實驗結果顯示約有一成的患者獲得改善，但病毒療法造成的副作用過於嚴重，最終結果顯示那一成的病人也只比其他患者多存活四個月的時間而已。

也許這次的實驗成果無法使人滿意，但實驗本就需要次數累積，藉此求得數據進行改善。七年後，費尚峰回到台灣，以醫師執照開設一間小型醫院，因私下替病患進行病毒治療，遭到政府吊銷行醫執照還吃上一大筆罰款——這是兩年前的事了。

兩年前的那天，他發現有人替他還清了所有罰款，也清償了求償家屬們的所有損失。出現在費尚峰眼前的是個彬彬有禮的男士，遞出一張名片，說他有意願贊助病毒基因的研究。費尚峰以為對方是想讓他貸款，畢竟名片上面寫著融資公司的名號，但他很快理解事情並非如他所想。

費尚峰換上新樣本——那是他剛從新骨骸上取得的。選擇一根較為完整的肋骨，敲碎以取出其中的骨髓。但他很清楚，從骨頭裡提取到的DNA將近有百分之九十七都屬於細菌。為了區隔細菌的基因與人體的基因，他還必須將細菌DNA萃取出來。

研究病毒基因的第一步：基因定序。簡單來說就是把基因的位置找出來，一字排開列成基因圖譜。之後這一份份基因圖譜會互相比對，進行分析，找出病毒基因相同與相異的部位。

自從實驗體逃出屏東火車站附近的那間新晴大樓，費尚峰迫不得已，只好重新利用魯凱族人的骨骸進行研究。實驗體是個非常有趣的生命體，他尋覓已久，三年前終於抓住他們，從實驗體和實驗體二號兩者抽取出的血液裡，蘊藏著部落龐大的生命祕密。

恐怕是全台灣都無人預料得到的祕密。

儘管實驗體逃脫對他造成不少影響，但費尚峰腦中那只缺臨門一腳的計畫，並沒有改變它施行的日子。

就在費尚峰專心觀察數據時，梁家祥打電話過來，雜七雜八問了一堆實驗的事情，還催促他盡早完成實驗時，費尚峰不愉快的情緒幾近爆發。

「與其有時間過問我的進度，不如快點去把實驗體找到如何？」費尚峰怨道：「實驗體不在增加了我辦事的困難度！」

「說到底這也是你的錯吧？我早說過要加派人手給你，是你東怕西怕的，才害外人有機會入侵。算了，我已經叫人去找，但是不管有沒有找到，你都先給我把病毒擴散出去。」

費尚峰聲音一寒。「梁老闆，你知道你在說什麼嗎？」

「有什麼好奇怪的？當初就說了，病毒基因研究成功之後就要散播出去，等大家都感染了，由我們新晴獨家壟斷病毒疫苗。這才是讓你參與項目的理由。你基因疫苗的項目要有錢賺，懂嗎？呆子。」

費尚峰氣得拿著電話的手陣陣抖動。

「我話已經說在前頭了，你如果有什麼問題也趕緊講一講，不要事後才給老子扯後腿。」

費尚峰咬緊牙根，按耐住怒氣。「我知道了。」同時在心裡暗罵梁家祥蠢豬，想不透尤先生為什麼要將他編列在這頭蠢豬的計畫裡頭。

13

在我混淆計算天數的本能後，我被允許離開病房，有短暫的時間我可以曬曬太陽，活動身體。

我的身後總是有強壯的男性跟著，他們監視我的任何舉動，甚至是上廁所。他們不允許我關門，於是我只好一邊咒罵他們一邊如廁。

活動時間結束後，我再度被囚禁在病床上。他們會用束縛帶捆住我的四肢，將監測心跳、血壓、體溫的儀器依序安裝在我的身體上。每隔一段時間，他們會抽我的血，然後在抽完血後替我注射營養劑點滴。

三餐都是營養均衡的菜色，我也被規定一天要喝一定份量的白開水。

如果我感到無聊，要求看雜誌或者電視，他們也會讓我如願，但我卻無法自己換穿衣物，這讓我感到很羞恥。

我曾請求他們讓我和我大哥見面，可惜這件事一直沒有得到回應。就在我幾乎要放棄這個想法時，那個男人出現了。

14

安文傑起得很早，幾乎和日出的時間一樣。這習慣從孩提時代就養成了，他聽得見林子裡細微的鳥鳴，感覺得到晨間活動的生命力。他的精神總是很飽滿，睡眠對他而言似乎可有可無，只是一種生活日常的排程。這一點和他的生父大相徑庭，他記得他的生父一直受疾病所苦。但到底血液承繼一半的血統是否曾在年輕時也同樣精神奕奕，他也無從得知了。他的生父在他十二歲時就因病逝世，其後他被收養到頭目家，改姓為安。

過去的事物無處可尋。

這裡是禮納里部落，位於屏東縣瑪家鄉的瑪家農場。因二〇〇九年的莫拉克颱風肆虐南台灣，此處約占地二十九公頃的地方聚居了霧台鄉好茶村、三地門鄉大社村、瑪家鄉的瑪家村等來自三方的居民。三方決議以象徵聖潔百合花意義的排灣族舊名當作名稱，將此處命名為「禮納里」。

時至今日，禮納里已成為台灣擁有豐富原住民文化的特色聚落，甚以「台灣普羅旺斯」稱之，然而對居住其中的某些人來說，這個稱呼只不過是外人強加在他們身上的怪異形容詞罷了。

安文傑正在喝咖啡，他喜歡自己研磨豆子。他與養父母同住，這時候的養父正在村裡健行運動，養母則是準備早餐。他坐在餐桌前，聽見養母說近來觀光客又多了。春夏是旅遊旺季，也許那些觀光客都想上山到舊好茶消暑一番。

他與養母閒聊著，一如往常，話題平淡卻滿溢溫馨。養父會在他準備開車去上班時回家來，拍拍他的肩頭，吩咐他路上小心。

15

設定好時間的手機鬧鈴準確響起。唐聿摸索著關閉它，順手拿了眼鏡，在床沿坐了一分鐘左右才去浴室盥洗。

昨夜，又或許該說是今日凌晨，他們到了下榻的平價旅館後直接就寢，先不說黎海凡睡得跟死豬一樣，唐聿剛想問李武擎對那兩件謀殺案案情瞭解到什麼程度，卻見這傢伙大概是開車開得累了，一見被窩倒頭就睡，根本沒機會開口。

不過想想還是算了，唐聿心道，儘管李武擎看起來總是漫不經心，不過該做的還是會乖乖完成。

他從浴室出來後，李武擎也悠悠轉醒，打了個人大的呵欠。「要不要順便到墾丁繞一圈？」
「一大早就說這種瀆職的話嗎？」唐聿正在替自己打領帶。
「贊成！」黎海凡裹在棉被裡大聲應和。「對了，你們不覺得空調好像太冷了嗎？現在是幾度？我很容易感冒的說。」
「你們兩個囉唆死了！」
唐聿不耐煩地甩上衣櫥門，如願用凌厲的眼神逼迫李武擎趕快準備出發。
當李武擎也著裝妥當，跟著唐聿一前一後要離開，黎海凡才知道自己非開口不可了。
「欸，你們是不是忘了啊？那我要幹嘛？」
「這也是我想問的。」唐聿挑眉，把問題丟給李武擎。
「我交給你的防火牆已經破解了嗎？」
「喔，對吼，我差點忘了。」
「等等我回來就要。新晴創業至今的所有職員名單。」
「啥？」黎海凡一臉不可思議。「你、你剛剛說什麼？你說的是中文嘛？」
李武擎看了看時間，說：「我估計中午的時候回來，你還有三小時多完成這份工作。」
「等、等等！」
「肚子餓了就自己去吃飯，又不是小學生了，你應該知道吧。」李武擎交代一句，轉身把房門關上。
「我才不是要說那個啊！」

對房內黎海凡的悲鳴視若無睹，唐聿跟著李武擎離開。

皮鞋的鞋跟清亮地敲在磁磚地板上，在電梯前面停住。

唐聿沉吟片刻，神色凝重地說：「有個問題，我必須再說一次。」

「說啊。」李武擎倒是一臉稀鬆平常。「你經常一件事重複說很多遍，我又不是不知道。」

「你以為是誰害的啊！」

唐聿瞪了李武擎一眼。李武擎摸摸鼻子轉過頭去。唐聿拉了拉西裝外套，顯然是在安撫自己的怒氣。

「不要太相信他。」唐聿低聲說道。

「秦泯一？」

「我總感覺他很陰險。」

「放心吧，」李武擎切斷這個話題。「我自有分寸。」

16

休旅車正依照導航前往屏東縣里港分局。抵達目的地時，他們看見分局門口圍了一圈人。看那些人手裡拿的攝影器材就知道是媒體了。

他們停好車子緩步走過去。

「目前警方還沒有鎖定嫌犯嗎？」一位記者高呼。

孫志忠站上前。「不好意思，各位請稍安勿躁。我知道各位都想知道調查的最新進度，可是一有結果我們就會召開記者會說明。現在都還在調查中，不便奉告。」

「兇手的動機呢？聽說這次兇手有對死者做出特定行為？」

「不便奉告。」孫志忠掌心向外平舉，顯然很想趕快結束這場曝光。「調查結束會通知各位媒體朋友的。」

孫志忠往後退，兩名制服警員走上來，禁止媒體推擠。

唐聿從人群旁邊的縫隙經過，剛跟過去，就被櫃台的人攔下來。那盡責的目光在唐聿和李武擎身上掃視，「不好意思，請問兩位是？」

「我們是刑事局來的。」唐聿拿出證件，「想找偵察隊的江鑫警官。」

孫志忠還沒走遠，一聽到動靜就轉過頭來，看見與稍早傳來的資料中相同的面孔，他便朝那擋人的學弟招手。「嘿，讓他們過來。」

唐聿走了過去，自我介紹一番，寒暄道：「孫隊長，調查期間打擾您了。」唐聿邊說邊伸出手，孫志忠也穩穩與他握手。

「學長好。」李武擎問候一聲。學長的稱呼在這圈子裡是基本禮儀。

「勞駕二位。」孫志忠輪流注視著兩位後輩，「聽說你們是凌晨才到的。旅館還行嗎？」

「很好，勞您費心。」唐聿說。

孫志忠點頭，圓潤的臉龐笑得有些無奈。「好，廢話不多說。你們也看到這情況了，不知道消息是怎麼洩漏，記者跟聞到血的狼群一樣全湊上來了。來吧，按照我們之前聯絡的，我帶你們去找江鑫。」

「小江，刑事局的支援來了。」孫志忠向會議室裡的男人大聲說道。

江鑫吃著泡麵，在那兩人還沒走近前就開始打量他們。比起以前遇過的那些從刑事局來的人，這兩個男的顯得特別年輕。

他迎上他們的雙眼，沒急著說話，自我介紹其實也可以省略，反正早先都已經彼此知會過，那些繁文縟節都是過過場面而已，江鑫直覺認為對方其中一個可能也跟他同個想法——那身材健壯、看上去沉默強悍的人。應該叫李武擎吧？資料只瞄了一眼而已。至於另外一個長相英俊、西裝筆挺的則是扮演斡旋的角色，他猜測唐聿有可能會在案情明朗的瞬間強硬宣布接下來一切由刑事局接手。

這種劃分利益的把戲也不是第一次見了。

不過他頗在意唐聿竟是督察。江鑫不明白把一個督察派來這裡做什麼。收集地方警察的怨氣嗎？

那兩人走近時，江鑫把最後一口泡麵吸進嘴裡，口齒不清地說：「不好意思，我快吃完了。」

「喂！太失禮了！」孫志忠低叱。

江鑫毫不介意自己的形象。「拜託，我很餓！而且我沒老婆幫我煮飯。」

孫志忠白了江鑫一眼，然後對唐聿投以歉意的眼神。「不好意思，不要介意呀，沒惡意的。」

「沒事。」唐聿給了個善意的笑容，「大家都為了辦案盡心盡力，我們能理解。」

江鑫用手背抹了抹唇角。「你看，人家台北來的都這麼說了，就不用在意這種小事。」他轉而注視唐聿和李武擎，「關於案子有什麼問題？目前偵辦進度都寫在報告裡了吧。沒問題的話就說說我們該怎樣合作，這應該比較重要吧？」

孫志忠用兩指揉了揉太陽穴，一臉為難的樣子。預料到會有這種尷尬場面和實際碰上時還是有點難以適應。

「說得也是。」唐聿保持溫和的態度，「就我看來，目前大致朝兩個方向走，第一是病毒的追查，據說疾管署的人手已經提前到場，在屏東醫院設置了隔離樓層以備不時之需；第二是兇手與被害人那方面，兇手以病毒殺害被害人的用意，以及目前所知兩名被害者之間的關係。」

江鑫把泡麵吃完了，喝著湯，看似漫不經心的模樣。「哦！說得很有條理嘛。那麼具體而言是怎樣？」

「你是指？」

「指揮權啊。」

「指揮權給你們屏東縣警。」李武擎忽然開口說道。

唐聿聽了一愣，「……等、等一下。」以為指揮權是什麼可以讓渡的玩具嗎！唐聿暗罵那語出驚人的白癡伙伴，立刻扯出笑臉對江鑫說：「不如這樣你看如何，我們兵分兩路行動，但調查結果要互相匯報，一起提出下一步計畫。我認為這樣會比較好。」

江鑫把筷子插進空的泡麵碗裡，似乎在思考唐聿的提議。唐聿看見江鑫和孫志忠交換了一下眼色。

「我負責調查犯人和死者之間的關係。」語畢，江鑫站起，「可以吧？」

「可以。」李武擎平靜地回應道，「可是你先回答我，兇手真的沒有提出任何條件嗎？」

江鑫盯著李武擎，忽然笑了出來，「這問題是什麼意思？」

「從被害人的情況看來，病毒發作後不到二十四小時就會死，而且這個病毒還具有傳染性，一個不好，不只被害人的家屬，甚至警察都會受到感染，難道他不擔心牽連到旁人嗎？如果單純想致人於死，還有更簡便的方法。但兇手使用具有傳染性的病毒，只能讓我想到兇手的目的是想藉著這兩人的死亡與傳染機率進行示威，告訴我們他手上的病毒有多厲害。」

「很不錯嘛。」江鑫哈哈大笑。

孫志忠見狀，低聲提醒讓江鑫收斂一點。

「既然你都猜到，那我就不瞞你了。」江鑫說，「犯人的確已經提出了他的條件，還要我們在二十四小時內進行回應。」

唐聿一驚，「什麼條件？」

江鑫把昨天在案發現場接到兇手來電的事情大致解說一遍。

聽完之後唐聿非常嚴肅地對孫志忠和江鑫說：「這件事你們為何沒有呈報上來？這是特殊案件，我們刑事局有權知曉一切來龍去脈。」

「現在不是說了嗎？」江鑫用氣音不屑地說。

「別這樣！」孫志忠示意讓江鑫住口，接著說道：「不是我們分局刻意要瞞，這是上層的意思，在事情還能控制住之前，不需要中央操這個心。」

不需要中央操心？說得可真好聽。唐聿知道這完全是藉口，然而現在爭論這些毫無意義。

「那麼屏東政府的決定是什麼？」唐聿問，「已經知道兇手所說七年前的罪行是哪件事了嗎？」

「還沒有頭緒。」

「什麼？」

「昨天我向縣長、議員等人報告過，但他們都不知道犯人指的是什麼。」

「是真的不知道還是假裝不知道？」李武擎說。

孫志忠回答說：「真的不知道。就連病毒也是首次出現，過去沒有發生過類似的案例，就算我們要找線索也不知從何找起。」

「那麼政府那邊至少要派代表和兇手斡旋吧？」唐聿看看時間，「距離二十四小時的期限已經剩不到半小時了。」

「那些坐在會議室裡嗑瓜子吹冷氣的傢伙才沒像你這麼『消極』，」江鑫的語氣帶著明顯的揶揄，「他們深信我們警方可以搞定這件事。等一下就由我來和犯人對話，反正一開始電話就是我接的。」

「請等一下，」唐聿面現憂慮之色，「我覺得不做任何準備，這樣太魯莽了。」

「要做什麼準備？」

面對江鑫的反問，唐聿一時也答不上來。

半小時過去，陳義鈞的手機如約響起。昨天兇手的來電號碼已經追查過是網路號碼，發話伺服器到國外轉了好幾圈，根本無法追蹤。

孫志忠開啟錄音，示意江鑫接聽。

「喂？我是江鑫。」

來電者呆板的合成音傳了出來。「二十四小時到了，在這期間，我沒有看到政府的人有任何回應，所以我想你們的意思已經很清楚了。」

「我本身是很想幫助你的，」江鑫說，「我也很看不慣那些高官們蠻橫的樣子，不如你告訴我七年前到底發生了什麼，我是刑警，我有權調查，或許這樣也可以達到你的希望。」

「不要假裝是我的同伴，我壓根就不相信警察。你們也是掌權者底下被支使的奴僕，你們根本無法反抗。」

「你可以相信我，真的！」江鑫用急切的語氣強調他的立場。

可惜沒有順利得到兇手的應允。

「既然你們沒有達到我的要求，依照昨日所說，我將繼續施放病毒。」說完，兇手結束通話。

江鑫沒有任何討價還價的時間。

唐聿煩惱扶額，覺得這狀況真是糟透了。

「唐聿，要出發去和疾管署的人會合了。」李武擎毫不猶豫地說，「假如兇手真的如他所說要開始散播病毒，隔離病房那裡就變得很重要了。」

17

李武擎和唐聿抵達屏東醫院。他們從連通地下停車場的急診電梯進出，來到疾管署將此作為臨時據點的樓層。

電梯門一打開，他們就看見兩個警衛守在前面。他們戴著口罩，要求李武擎出示證件。

「這兩位是陳組長的訪客。」

一名女子走了過來。她的長髮綁成一個蓬鬆的丸子，穿著樸素的套裝，邊走邊脫下口罩，直到他們看見她清秀的臉。

唐聿感覺她有點面熟。「啊！」小小驚呼一聲。她不是李武擎的前女友嗎？

「我猜你們也應該到了。」她微笑說著。脖子上掛的識別證寫著徐心汝，證明唐聿沒認錯人。

唐聿偷偷瞥了李武擎一眼，心裡有些好奇李武擎遇到前女友會是什麼反應，但終歸沒出乎意料，李武擎似乎沒有多餘的情緒波動。

「嗨。」李武擎淡淡應了一聲。

「好久不見，你好像又變壯了呢。」

「還好吧。」

徐心汝望著李武擎，又把視線挪到唐聿那裡，「你們畢業後也在同個地方值勤啊？」

唐聿回應道：「是啊。」

對徐心汝最深的印象，唐聿認為是那雙總是水潤的眼睛，彷彿隨時都能反射出月光來。過了四、五年的現在，那雙眼睛似乎沒有改變。

「原來妳在疾管署工作。」唐聿說。

「我是裡面的小組員而已，和組長一起來，希望能幫上你們的忙。」

「勞煩妳了。」

「我才是，這次的案子對我來說也很重要，大家互相吧！過來，我們到裡面談。組長也在等你們。」

徐心汝帶他們通過走廊，來到轉角盡頭處的電梯。

電梯門打開，內部從頂端到鏡子都被鋪上藍色塑膠布。進入其中彷彿走進怪物的胃裡。整個空間瀰漫著消毒水氣味。他們又往上一層，走過相同格局的走道，然後在轉彎後來到一間會議室。

秦泯一提過，他有請疾管署檢驗及疫苗中心的組長協助他們。徐心汝替他們互相介紹。這位散發知性氣質、眼神有些淩厲的女組長叫陳佩君。

唐聿正想握手表達禮儀時，陳佩君拒絕了。

「非常時刻，不必要的肢體接觸能免則免吧。」

唐聿有些尷尬地收回手。「也是。」

徐心汝站在陳佩君旁邊，見此一幕偷偷對唐聿致以充滿歉意的目光。

「既然人都到齊了，那我們就直奔主題。」陳佩君交給他們一人一疊文書，「這是我們目前對病毒的分析，全記錄在上面了。有鑑於大多數人都草草看過，我就提幾個最值得注意的重點，希望你們能牢記。」

連讓他們坐下的意思都沒有，陳佩君如上課一般，逕自說明起來。

「這次的病毒是接觸傳染，接觸到感染者的血液、體液、分泌物，或者接觸到有病毒殘留的物品，像是使用過的針頭、床鋪，都有感染病毒的風險。

病毒從感染到發作不超過半小時，而發作到死亡的時間則取決於病毒劑量的多寡。這次的兩名被害者，血液中檢驗出的病毒劑量都相當高，聽法醫說是犯人直接將病毒注射到人體裡。這種感染方式雖然可以降低被害者在病毒發作期間到處走動散播病毒的風險，卻也同時證實犯人手裡可能有病毒宿主，因為犯人注射的不是病毒樣本，而是受感染者的血液。」

「病毒宿主？」唐聿提問，「妳是說伊波拉病毒有可能以某種哺乳類動物為宿主，這次的病毒也有某種特定宿主？」

「沒錯，一些動物身上確實可以攜帶強大病毒卻不致發病，這些動物就是病毒宿主。目前我們還無法推測病毒寄宿在哪種動物身上，但單就犯人行兇使用的感染者血液，血液中的病毒濃度足以判斷感染者必死無疑。犯人有可能從宿主身上取得病毒，先感染了第一名被害者，再抽取這名被害者的血液對徐源泰、陳義鈞下手。」

「現在完全沒有線索可以判斷病毒宿主是什麼動物嗎？」

「現在還沒辦法。伊波拉病毒之所以還沒有疫苗，大部分原因正是大家還沒辦法確認它們的宿主，找不到在疫情爆發時可以生存下來的宿主生物。同理，這次如果能找到宿主，我們就能在宿主身上找出病毒抗體。」

唐聿又問：「如果我的印象沒錯，我記得抗體似乎是可以培養的吧？」

「你說的對，我們署裡也有人已經開始在培養病毒，並在動物們身上做實驗，遺憾的是目前為止還沒有成功，實驗對象全都死亡了。」

唐聿表情更嚴肅了。

「組長，還有病毒在水中的存活時間……」徐心汝在旁輕聲提醒。

「我知道。」陳佩君說道：「我們發現病毒在水中可以存活五小時，不僅如此，它在一百度的高溫下也不會被消滅，是種非常頑強的病毒。在台灣本土忽然出現這種病毒簡直讓人匪夷所思。依照它的特性，只要犯人有那個意思，隨時可以在台灣掀起瘟疫。」

「瘟疫啊……」唐聿面有難色，「就算之前犯人沒那個意思，現在可能有了。」

「為什麼？」

唐聿解釋了犯人以擴散病毒為由，要脅屏東縣政府出面公開謝罪。

「這樣的話就糟糕了。」陳佩君緊張起來，「如果病毒真的擴散開來，隔離病房絕對不夠用。現在國內的醫療人員大多沒有對抗致命傳染病毒的經驗，這一點也會增加製作疫苗的的難度。」

她忽然一拍手，「對了，我差點忘記有個人可以幫助我們。」

「誰呢？組長。」徐心汝問。

「目前所知台灣研究絲狀病毒的病毒學專家，就在一間生技公司就職。你聽過他的事嗎？他曾向政府相關部門提出絲狀病毒的研究方案，想要尋求資金補助，遭到否決，隨後出國到美國參與疫苗研發的醫療團隊，回國後拒絕政府請他加入中研院的邀請。在我們圈子裡，算是很厲害的人物，叫費尚峰。」

「這麼一說，我好像有印象。」

一些特殊案件請民間專業人士協助並非罕見。唐聿想知道那位費尚峰是否有意願提供協助，「妳說這位費尚峰先生目前在生技公司就職？哪間公司？如果不太遠，我們現在就可以過去拜訪。」

「新晴生技。」陳佩君的指尖在半空比劃，「新舊的新，晴天的晴。」

但這兩個字他們比其他人都清楚。李武擎和唐聿默默交換了眼色。

18

新晴生技在屏東火車站附近就有一處營業據點。李武擎、唐聿、陳佩君以及徐心汝他們四人一到，就被迎進接待室，費尚峰過了幾分鐘才趕來。

沒有多餘的寒暄。自我介紹結束後，陳佩君開始解釋未知的絲狀病毒在台灣憑空出現，面對犯人有可能大規模散播這種致命病毒，大家都在等待一線曙光，那就是病毒疫苗。費尚峰是台灣研究病毒基因數一數二的專家，從分析病毒基因，繼而提取抗體是目前最有希望解決危機的辦法。

陳佩君也遞出關於病毒的分析資料。費尚峰翻動紙張，始終不發一語。靜默的片刻，唐聿發覺李武擎的表情透露他很想直接一腳踩在這張昂貴的檜木桌子上，質問費尚峰到底是不是你幹的好事？

費尚峰終於放下資料，掃了對面四人一圈，他的聲音平靜到詭異的程度，好像在心裡嘲笑當初沒有遠見、拒絕資助他研究病毒基因的所有人。

「恕我拒絕，我沒辦法。」費尚峰說。

「就算目前沒有研發出疫苗，至少加入我們……」

「謝謝，我沒那個意願。」費尚峰打斷陳佩君的話。

「這是很嚴重的事。」唐聿忍不住開口了，「兇手並非危言聳聽，兩名被害人的死因也很清楚了。您如果有這方面的經驗，難道不想幫幫我們嗎？」

費尚峰看向唐聿，「我不是你想像中的那種人。」

唐聿對費尚峰的回應一知半解。

「很抱歉，我得說這次的病毒有很強的變異性，也有可能是從您的研究室洩漏出去的！」徐心汝忽然出聲，態度強硬堅決。

「不，我覺得妳誤會了。就算我曾在國外進行過絲狀病毒的研究，但台灣的研究室的設備無法容許我進行病毒測試。別說病毒樣本，我連研究數據都沒有。」

徐心汝露出懷疑的神情。

「妳不相信？」

徐心汝沒有回應。

費尚峰聳聳肩，「你們警察可以派人去我家搜查，不管是家宅還是工作場所，與我有關的地點都行。」他自信說道：「當年我在國外參與病毒醫療團隊，一回國就被抓去問話了。大概是怕我挾帶病毒樣本回來吧。我很清楚這種待遇，我猜這次也不例外。以前我平安無事，這次也不會例外。」

無奈之下，李武擎一行四人打道回府。他們無法得到費尚峰的幫助，剩下的只能從病毒宿主那方面努力。就在李武擎踩下油門要回去屏東醫院那裡時，車子前面忽然閃出一道身影，像阻止他們離開似地撲上引擎蓋。

李武擎差點沒剎住。

19

那個阻擋李武擎等人離開的女子叫方佳琦，說是新晴生技的研究員。她一點也不擔心自己被撞，反而跑去敲李武擎的車窗，說有一個關於公司內部病毒研究項目的內幕要告訴他。

「可是不要在公司外面說。」看她慌張注意公司是否有人注意她的樣子，能感受到她的焦慮。在後座的徐心汝打開車門，將人拉進來。接著李武擎開車，沒有離開新晴大樓太遠，就停在附近一處樹蔭下。

「妳要說什麼？」李武擎開門見山。

「我剛才在公司裡，其實有偷聽到你們和費教授的對話。費教授在騙你們！」

「騙我們？」徐心汝發出疑問。

方佳琦用力點頭，「費教授有在進行絲狀病毒的研究，只有幾個比較高階的研究員才能參與。實驗室就設置在大樓頂樓，那一層拒絕任何訪客也不對外開放。」

「證據呢？」儘管聽到有利的消息，唐聿還需要其他證據才能相信她的話。

方佳琦從包包裡拿出對折起來的文件，遞給唐聿，「這就是證據。是我偷偷登入別人的電腦才得到的資料。」

唐聿翻了一些，那是一些看似數據資料的文字與圖示。這並非他的專業，於是他把文件轉給陳佩君，「陳組長，麻煩妳。」

陳佩君翻閱著，有些驚訝地說道：「確實是絲狀病毒的實驗資料。資料顯示病毒曾被各種腐蝕性溶液試驗過存活率，也有將病毒植入各種動物後的發作反應。」

「這種實驗數據，可以造假吧？」李武擎忽然說。

「造、造假？」方佳琦漲紅著臉，極力解釋道：「我才沒有呢！我為什麼要造假實驗數據？」

「那妳又為什要出賣費尚峰？」

「是因為我希望你們也幫幫我！」

「嗯？」

「我有一個很喜歡的人，他是費教授絲狀病毒研究小組的一員，他從昨天晚上就失聯了，今天也沒來上班。之前我才看見他被費教授罵，我在想是不是費教授對他做了什麼。」

「做什麼？」

「我怎麼知道啦！」方佳琦開始急了，「從我在新晴當研究員開始，偶爾會有一些很像黑道的人過來找費教授。那些人看上去很可怕。」

李武擎沒再逼問她，反倒讓方佳琦更擔心，她接著說：「我說的是真的！拜託相信我！」

車內一陣沉默。

李武擎思量後說道：「妳先下車，我會找時間去找找那位失聯的研究員。」

車子繼續行駛。

唐聿注意到陳佩君仍在瀏覽方佳琦拿來的資料。「陳組長，妳覺得這份文件的可信度有多少？」

陳佩君頭也不抬，看來對這份研究資料很是著迷。「我認為可信度相當高。它的內容非常詳盡，有很多數據若沒有病毒樣本很難憑空捏造。」

「資料上的絲狀病毒和徐源泰、陳義鈞身上的一樣嗎？」

「有一份是一樣的。實驗記錄顯示最近一次將這個病毒施打在動物身上的日期就在前天。是最新的研究資料，之後的就沒有了。」

「有一份一樣？難道裡面的絲狀病毒不止一種？」

「這就是最叫我吃驚的地方。」陳佩君像是在強忍激動，喜悅與恐懼並存。「裡面的絲狀病毒每經過一段時間就會產生變異，變異的時間從六個月到十個月不止。每經過一次變異，某些特性就會越突出，像是延長在酸性環境內的存活空間，或者具備更強悍的傳染力。我無法想像費教授取得絲狀病毒並強迫病毒在短時間內進行變異的手段，就這些資料來看，這次的病毒不亞於伊波拉，若真的擴散出去後果不堪設想！」

20

送陳佩君和徐心汝返回屏東醫院，李武擎又去接了黎海凡上車。他們準備去找方佳琦提到的那位新晴生技研究員。不需要方佳琦提供地址，李武擎透過警方資料庫可以直接查找該人的註冊資料。

他們來到距離新晴公司不遠的一處舊公寓，先是按了按電鈴，但屋內無人應答。

「人不在啊？」黎海凡說，「我知道！找找地毯還是盆栽看有沒有備用鑰匙！」

「拜託，現實社會真的有人把備鑰放在那麼顯眼的地方嗎？」

就在黎海凡和唐聿拌嘴的時候，李武擎直接打開了門，他壓下不鏽鋼把手時也很意外。

李武擎謹慎地把門打開。

一看到客廳的場景，黎海凡嚇得叫出來：「我的天啊！」

一道上吊的身影。

李武擎立刻衝過去，探了探上吊者的體溫。在確認體溫已經冰涼而且開始出現屍僵情況後，放棄了一瞬湧現的急救念頭。

唐聿對照著上吊者的身份證件，確認死者就是方佳琦提到的那位研究員蔡承志。

「這畫面對我一個小老百姓來說真是太刺激了……」黎海凡小聲說，摀著眼睛不敢看。

「是他本人。」唐聿說，「應該要通知江警官讓他派人來處理。」

「等一下，」李武擎阻止唐聿，「先找找我們要的東西。」

「你要新晴生技和病毒有關的證據？」

「靠方佳琦那份病毒實驗報告是沒用的，上面沒有署名也沒有公司名稱。祕密帳戶的基因疫苗項目八成就是新晴的病毒研究。我打算先把費尚峰抓住，敲山震虎，看祕密帳戶那邊會有什反應。」

李武擎看了看室內。沒有打鬥、掙扎痕跡。從生活用品判斷蔡承志應該是獨居。他看見書桌上有台筆記型電腦。

「喂，那台電腦交給你。」李武擎轉頭看見黎海凡一臉聳樣，「怕什麼啦，快點去查電腦裡面有沒有關於新晴生技的線索，還要死者最近的活動記錄。」

李武擎把多餘的橡膠手套丟過去，黎海凡接得有些狼狽。

黎海凡以上吊屍體為圓心，繞過好大一圈，才膽怯地靠近電腦，像是害怕到話都不想說了。
唐聿和李武擎分別在屋內搜尋，查看所有抽屜和死者早已沒電的手機。找了一會兒沒有發覺可疑的地方。
「連遺書也沒有。」李武擎說，「想把人偽裝成自殺，至少也準備一封遺書吧。」
「報告警官！我發現這台筆電被重灌了。」黎海凡舉手說。
「資料救不回來？」
「開什麼玩笑？我是誰？我當然可以……」
「啊——！」忽然傳出一聲淒厲的尖叫。
他們三人往外看，一個提著菜籃的大媽大概是看到上吊的鄰居和在鄰居家走動的陌生人，忍不住驚嚇大叫。連菜籃都忘記拿，直接往樓下跑。
「看到沒？這才是看見屍體的正常反應。」黎海凡想表達不是自己太弱。
「你就再繼續廢話好了。」唐聿挖苦說，「在警察來之前，你剩五分鐘。」
轄區員警先到，江鑫隨後也來了。他證實了在場三人的身份，轄區員警才放行。
「你們為什麼出現在這裡？」江鑫神情疲憊地問。
「死者是我們正在追查的一間生技公司的研究員。」唐聿解釋。
「和病毒有關？」
「有一點關係，我們還在查證。」

「現在沒時間耗在這裡了。」李武擎打斷他們的對話，說罷轉身就走。
黎海凡自己跟上。
唐聿對江鑫致歉，「不好意思，我再聯絡你！」

21

黎海凡成功找回蔡承志筆電裡的記錄，使用頻率最頻繁的是聊天軟體。最後一筆聊天記錄給了李武擎對付費尚峰很大的方向。
他們重回新晴生技。不顧櫃台的阻擋，李武擎直接進去辦公室找費尚峰。才剛闖進去，就看見費尚峰正在喝咖啡。
李武擎難掩怒氣地衝上去，一把揪住費尚峰的衣領。費尚峰手裡的咖啡灑了大半出來。
「你明明在台灣研究絲狀病毒，剛才還回答的那麼冠冕堂皇！」就算壓低聲音，李武擎語氣裡的威脅意味絲毫不減。
費尚峰皺起眉頭。
唐聿拉開李武擎的手，「放開！別這樣。」
李武擎雖然鬆了手，視線仍不罷休，活像要把費尚峰宰了一般。
「快把病毒的疫苗交出來！」李武擎說。
「我不知道你在說什麼。」費尚峰撫平被弄皺的衣領。

「我們發現蔡承志的屍體了。他曾和朋友提到近期他會大賺一筆錢，他打算把新晴的研究資料賣出去。他說他受夠你的支使和辱罵，才用這種手段讓你蒙受損失。他要竊取的研究資料就是絲狀病毒對吧？你發現這一點所以殺人滅口！」

費尚峰慢悠悠把手裡的咖啡杯放下，抽了衛生紙擦拭手指的髒污。

「好、好，我承認好了。」剎那間，費尚峰如此說：「我從以前到現在就沒停止過絲狀病毒的研究。我甚至在台灣發現了一種很特殊的絲狀病毒，並用它為基礎，試著讓病毒產生變異。」

對這冷不防出現的真相，唐聿連忙拿起錄音筆側錄。

「你在台灣哪裡發現了絲狀病毒？」唐聿問。

「就在舊好茶村。」費尚峰坦承。

「舊好茶村的哪裡？水源？動物？」

費尚峰正要開口時，後頭突然有道聲音喊停。

「——請不要再洩漏更多了，費教授。」

斯文有禮的聲音來自一個西裝革履的男人。那男人可能有一百九十公分高，踩著規律的步伐站到費尚峰身邊，熟練掏出名片給唐聿，「敝姓林，這是我們初次見面，唐督察，還有……」視線往旁邊一挪，他微笑打了招呼：「李警官。」

既是初次見面，卻在尚未自我介紹前就已經知曉對方的身份，唐聿知道這個人有備而來。

唐聿看了眼名片上一家律師事務所的頭銜，只有事務所名稱，沒有個人姓名。唐聿沒時間細究，從律師身後現身的人吸引了他們的注意力。

是梁家祥。
梁家祥雙手插在褲袋裡，照樣帶著玩世不恭的態度。「費尚峰，你他媽的多什麼嘴？」
「也沒說什麼重要的。」費尚峰壓下唇角。
「喂，你們沒資格對我的人大呼小叫。」梁家祥說，「我要帶他走。」
「不行。」李武擎拒絕。
「我想兩位警官是誤會了。」律師再度上前說道：「我這裡有縣長和檢察官的文書，還有其他幾位長官都豁免了費教授擅自進行病毒研究的行為，並且現在就要費教授前去與他們會合討論有關病毒疫苗研製的相關工作。」
唐聿拿來文書快速瀏覽一遍，用眼神告訴李武擎他們確實拿費尚峰沒辦法。
費尚峰直接走出去。
梁家祥對李武擎他們哼笑一聲，「我敢保證病毒疫苗一支貴得能嚇死人，你們小心點呀！」
律師微微頷首示意，也跟在梁家祥身後離開。
回到車上的梁家祥忍不住罵了一聲，「靠！那兩個警察不是小琉球出現過的傢伙嗎？怎麼又遇上了？」
林律師看著照後鏡，有些調侃地喃喃說道：「你們肯定很有緣。」

22

結束與周俊賢的對話，林振合心事重重地回到解剖室。望著陳義鈞的屍體，林振合久久無法下刀。

助手注意到林振合心不在焉，不由得出聲慰問。「林法醫，您怎麼了？身體不舒服嗎？」

「啊……」林振合抬眼，「不、不是的。」

林振合知道他這個助手是很機靈的，但他越想裝作若無其事，周俊賢的話就越是佔據他的思緒。

林振合幾乎是放任雙手進行解剖的工作，打開胸腔，取出器官，採取檢體。一切程序彷彿不用多加考慮雙手就自己行動起來。然而突然間，一張抽搐的臉孔忽然冒出來，讓林振合渾身一震！

這一個顫抖，竟讓林振合手裡的解剖刀劃傷自己的手指。

林振合倒抽一口氣，瞪著手指上破掉的手套與開始滲血的傷口。

助手測量好死者心臟的重量，正轉過身來，聽到林振合略顯驚慌的氣息。

「林法醫？」

林振合回過神來，「沒事！沒事……我只是覺得陳義鈞內臟出血的程度好像比徐源泰更嚴重。」

他刻意隱藏手上的傷口，隨口找了個理由搪塞過去。

23

李武擎來到江鑫面前，直接說出他的要求，「我們要去舊好茶村。」

江鑫正在吃午餐便當，大口嚼著飯菜，似乎見怪不怪地望著李武擎。

「所以咧？要我幹嘛？」江鑫口齒不清地問。

唐聿說：「聽說去舊好茶村需要先辦理登山證？臨時辦證沒問題，但我們需要嚮導。」

「本來沒有人帶路就不能上山。上山的路到現在還是挺危險的。」江鑫喝了一口紫菜湯，「等等我吃飽帶你們去找嚮導，他是當地人，對山上的路很熟。」

說完，江鑫繼續啃著豬排，發現唐聿正在盯著他看。

「幹嘛這樣盯著我？肚子餓的話那裡便當還有多的。」

「不，我只是好奇江警官你怎麼沒問我們去舊好茶村做什麼？」

「你們去觀光？」

「當然不是！」

「那不就得了？」江鑫抹抹嘴，把空便當盒隨便丟桌上。

這是一間參考書店，印刷品特有的氣味充斥其中。江鑫推門入內，搖動了風鈴。那在櫃台後面操作電腦的男性頓時抬起頭來，露出遇到熟人的表情。

「咦，江大哥！」

江鑫簡單打了個招呼。「文傑，忙嗎？」

安文傑從櫃台走出來，神情靦腆。「不忙啊，你看現在店裡都沒人。怎麼了嗎？還臨時過來。」

他的視線難以忽略站在江鑫身後的兩人。

因為擺滿紙箱的關係，店面入口塞了三個大男人變得有些擁擠，李武擎自覺朝裡頭挪幾步。

「有件事想托你幫忙。」

「儘管說啊？」安文傑熱情道。

「這兩位是從台北過來查案的刑警，他們目前必須到舊好茶去，能不能請你帶個路？」

「帶路是不要緊，可是……」安文傑打探著李武擎他們的用意，「到舊好茶查案是怎麼回事？那裡怎麼了？」

江鑫沒說話，但他的表情正在訴說要李武擎他們自己出面。

唐聿把病毒的事情隱晦地解釋了，但這並不影響安文傑替自己家鄉辯駁的心情。他堅定地說：「不會的，一定是哪裡搞錯！那是神聖美麗的土地，不會有害人死去的病毒！」

「你也不用太緊張，」江鑫安撫說，「不管得到什麼消息，我們都是要一一去確認、排除。照程序走而已，你可能覺得不太痛快，但我們沒惡意。」

有了江鑫的話，安文傑似乎稍能釋懷。

「我明白了。」安文傑說，「那兩位決定哪時候出發？」

「越快越好。」李武擎回應。「今天下午可以？」

「如果是下午出發，最多到禮納里。今天時間不夠來不及上山。」安文傑規劃著，「你們可以在禮納里過一晚，次日早點起床出發。」

「就這麼辦。」李武擎應允。

「我們先回去收拾行李。」唐聿說，「除了我們兩個，還有其他三人隨行，沒問題吧？」

「那無所謂。」

他們約好一小時後在這裡會合。

24

「不不，爬山我真的不行！」黎海凡趴在他那張單人床上，「請饒了我，我想馬上回台北！我得了一種離開台北就會死掉的病！」

「你現在還活得好好的。」李武擎一邊換穿休閒衫，輕描淡寫地說。

他和唐聿剛抽空到附近的服飾店買了一套換穿的衣服，順便填飽了肚子，回到旅館後已經是午後了。

黎海凡不放棄，異常認真地把手心往旁邊一攤。「你們看！死神少女就站在這裡，要揮舞鐮刀了啊！我要死掉了啊！」

唐聿刷地站起，凹了凹指關節，逼近黎海凡。「那我來幫這位死神少女一點忙吧？」

「——對不起！大哥，我錯了。」黎海凡立刻認輸。「請原諒我的不成熟！」

這老愛耍嘴皮子的傢伙！看著黎海凡的傻樣，唐聿罵也不是，不罵也不是，最後決定賞他一個白眼就算是消氣了，繼續收拾行囊。

「對了，」李武擎問道：「我給你的那個隨身碟弄得怎樣了？」

「那個啊……」黎海凡吞吞吐吐地說：「呃……毀了。」

李武擎從更衣鏡前轉過身。「你說毀了？什麼意思？」

黎海凡乾笑道：「那個防火牆應該被植入了自毀程式。要是有人用其他方式繞開防火牆，會在短時間內觸動木馬，讓所有資料消失，電腦也死當。重開機後我筆電完全格式化了。呃……其實我原本都會先拷貝一份備用啦，但你看我什麼準備都沒有，所以說要是隨身碟裡面有什麼你想要的資料，總之現在全沒了。而且說起來我也是受害者耶，我的片子都沒了，哈、哈！」

李武擎面無表情盯著黎海凡，這讓黎海凡不禁滿頭冒汗，趕緊說：「這不能怪我！」

「有沒有辦法在自毀程式啟動前把資料先複製過來？」李武擎問。

「呃……我還在想。」

「嗯。」李武擎一臉冷靜去收拾行李，讓黎海凡鬆了一口氣。

除了黎海凡，李武擎還去接陳佩君與徐心汝。她們稍早就收到唐聿的通知，已經將一些比較輕便的科學儀器打包好，那些器材可以快速篩檢病毒種類。

「我也準備了一些藥品。」徐心汝說。

「辛苦了。」唐聿附和，他幫忙把行李搬到車上。「妳們先上車吧。」

然而徐心汝卻一副扭扭捏捏的樣子

「怎麼了嗎？」

徐心汝尷尬道：「山上……有蛇吧？」

唐聿想了想，「應該吧。」

「不好意思，我還是去準備幾份毒蛇血清好了！之前在醫院檢查藥品庫存有看到，我先緊急取用一下。」徐心汝雙手合十，歉疚地跑回醫院，「請再等我幾分鐘！」

「難怪看她剛才一臉不安的樣子。」陳佩君說，「我記得心汝以前好像被毒蛇咬傷過。」

重新返回座車的徐心汝，表情看起來比較放心一點了。她順便解釋了注射血清的辦法，還提到以前她和朋友出去玩卻不小心被毒蛇咬傷的回憶。

一小時後，李武擎開車來到安文傑的參考書店外時，店門口的鐵門已經拉了一半下來。安文傑一看人到了，也立刻貼上暫停營業通知，然後他要李武擎記住他的車牌免得跟丟。

25

禮納里原名瑪家農場，位於屏東縣瑪家鄉北葉村和內埔鄉交界處，本隸屬於台灣台糖公司。在二〇〇七年聖帕颱風後，經國有財產局價購，徵收了這塊土地，用以安置因風災而流離失所的原住民們，其中包括霧台鄉好茶村人、三地門鄉大社村人，以及瑪家鄉瑪家村人，共四百餘戶。

二〇一〇年，屏東縣政府召開三村領袖會議，討論瑪家農場的新稱，最後通過協商，投票決議以象徵聖潔的「百合花」意義之排灣族舊名Rinari命名，漢音「禮納里」，成為了三村共同接納的新社區。

魯凱族的好茶族人大多居住在禮納里的東邊位置。李武擎等人隨著安文傑到來時，首先映入眼簾的是一座巨大的浮雕。浮雕基座是片片堆砌的石板，蜿蜒如小山般，最上方有兩名魯凱打扮的男女雕塑，手持打獵用具，而這對男女前方稍矮一階的石版階梯上則有一隻栩栩如生的雲豹。

基座上，有金色字體標示著「好茶 古茶柏安部落」。

「『古茶柏安』是什麼意思？」李武擎問。

安文傑解釋道：「就是以前我們舊好茶的族語名，意思是『雲豹的傳人』，也有『最美麗的地方』的意思。你們喊古茶柏安、古茶布安都可以，音譯都差不多。」

「既然難得來了……」黎海凡突然從一夥人身後舉手發言，「拍幾張照片可以吧？」

安文傑和善笑道：「當然。喜歡的話，請便。」

唐聿對黎海凡低低哼了一聲，態度拘謹。「我們又不是來玩的。」

黎海凡高舉手機拍照的雙手一僵，幸好隨後李武擎就把唐聿拉走了，他才不用繼續隱藏對禮納里的好奇。

「說得沒錯。」陳佩君同聲附和。「我們要以嚴謹的心態……」

「好了好了，組長，我們也一天一夜沒休息了。趁這個機會放鬆一下，等上山之後大概就忙得沒時間睡了吧。」徐心汝微笑說道。

「好了啦，」李武擎勸唐聿：「放輕鬆一點。」

「你太放鬆了！」唐聿用肘擊推開旁邊這個過於散漫的傢伙。

「唉，你就是這樣才會被女警說是不解風情。」李武擎故作惋惜狀。

「如果不解風情被列入成績考核項目，我就會考慮看看。」唐聿認真回道。

「別說這麼喪氣的話嘛。」

「才不是！」

他們接著走，看見路面上有淡紅色油漆繪的一雙巨大腳掌，像指示方向一般。再往前走的路面則印有「Saabaw」的英文字。黎海凡問這是什麼意思，安文傑說是他們的問候語，然後黎海凡就一直「沙保、沙保」的喊。

道路兩旁的房子是統一設計的屋型，差異不大，但吸引人的是每間房子的前廊。據說前廊是魯凱族人的活動空間，因此當初在設計房型的時候刻意將這部分的空間拉寬，各住戶可依照自己的喜好裝飾前廊。

在他們走到一間牆壁上裝飾著立體彩繪人物的屋前，安文傑解釋這戶人家是運動世家。人物是拿著聖火在奔跑的模樣，表情真切，牆上也鑲著各種運動獎牌。另外其他人家的前廊裡也有人在製作陶土、DIY串珠飾品，或者眾人脫了鞋一同跳舞。

道旁亦隨處可見曬太陽的花生與紅藜、小米等等作物。

「真是太厲害了……」黎海凡說：「每個木雕和浮雕都超有藝術感。哇！那裡是賣咖啡的嗎？」

在這短短的路程裡，唐聿感受到一股前所未有的驚喜。獨特的文化在他的眼前展開，好像連空氣都和平常聞到的不一樣。從未接觸過的人，那些人熱情的臉與帶有些許腔調的口音，這讓他一時之間感覺好像跨越了國境。他猜測自己喜悅的理由是因為身處於新的環境，有別於僵硬的都市叢林文化，這裡的一切既溫暖又生動。這也是所有觀光客如此開懷帶笑的主因吧，他心想。

這份喜悅持續了好一會兒，直到他開始假設自己若身為禮納里的一份子，會是怎麼樣的處境？於是這份喜悅漸漸淡了。

他開始感到自責。因為他慶幸自己能擁有一個保有隱私與自由的住處，而這種想法實在太過卑鄙。

接下來他們便去拜訪了安文傑的家。

安文傑的父親是目前好茶村的頭目，正是魯凱族人最尊貴的象徵。安頭目剃著平頭，岩石一般剛毅的臉龐帶著親切的微笑，歡迎他們的到來。

「不好意思突然拜訪。」唐聿說。

「別這麼說！」安頭目揮手讓他們都入座。「我們是很歡迎客人的！」

也許是提早知會過的關係，餐桌上已經擺滿了豐盛的菜餚。安文傑的母親又端了一盤烤豬肉過來。「都坐吧！不用客氣。」

李武擎眼尖看到桌上有一盤炒茄子，隨即不動聲色和唐聿換座位。唐聿冷冷瞥了一眼若無其事挑食的朋友。

餐點非常有特色，份量龐大，讓唐聿懷疑這麼多菜怎麼吃得下，不過看到黎海凡的食量，問題就解決了。

餐桌上有過貓沙拉、蒸南瓜、炒高麗菜等等，還有烤魚、烤山豬肉。比較特別的屬於稱為「阿拜」（A Bai）的糯米粽。說是只有在豐年祭時才能吃到的特殊料理。以糯米漿包裹豬肉內餡，豬肉內餡先炒蘿蔔絲、油蔥、芋頭塊等等佐料，然後先以假酸漿葉包起，外頭再包覆月桃葉，最後以棉繩綑綁後下鍋蒸煮。

吃的時候唐聿正要撥開阿拜的葉子，但安母說那要跟那層假酸漿葉一起吃。這倒讓他們三人開了眼界。假酸漿葉吃起來不苦不澀，豬肉和糯米也是絕配，一起入喉時，赫然發覺假酸漿葉將油膩中和掉了，也讓豬肉的鹹度增添了甜味，口腔裡還能感覺到有一股特殊的葉香。

晚餐結束時，夜幕低垂，微風從窗子吹入，驅散了日間的悶熱。安母正在收拾碗筷。因為這裡客房不夠，兩位女性便被安排到鄰居家借住一晚。李武擎他們則和安文傑父子在一邊泡茶。李武擎很快說出來意，主要是詢問部落在七年前，是否有發生什麼嚴重的事。

安頭目想了想，語氣有些感慨地說：「七年前啊……唯一記得的就是聖帕颱風侵襲，我們整個村子幾乎都被淹沒了。大家被迫遷移到軍營去住，那是很難熬的一年啊。」

這時候似乎有訪客到來，一個皮膚黝黑、蓄著灰色鬍鬚的中年男子過來找安頭目打招呼。安頭目對他說：「你事情整理完了？」

「也沒什麼了不起的事，區公所用那些小事煩了我兩天。我明天回去。」

「這樣剛好。」安頭目替李武擎他們互相介紹，「這是小獵人。這是要去我們部落辦案的警察。你們明天可以同行。」

不久，這短暫的談話也結束了，安文傑讓他們三人住自己的房間，他則到客廳睡沙發。

「這太不好意思了！」唐聿說。

「沒關係，只有一晚上。」安文傑堅持，「來者是客，不能讓你們睡不好。」

不過話是這麼說，床鋪只有一張，於是李武擎、唐聿、黎海凡三人有兩個注定要打地鋪。他們以猜拳的方式決定出勝利者，最後黎海凡樂呵呵地爬上床。

「說到猜拳，這是一門極具智慧與觀察力的遊戲！」黎海凡正在發表勝利感言，沒想到其他兩人根本不甩他。「欸欸，你們有沒有運動家精神啊？」

這時李武擎的手機有訊息進來，他看了看訊息內容，說：「江鑫把他那邊的調查進度傳來了。」

「傳給我看看。」唐聿說。

黎海凡瞇眼盯著眼前兩名開始處理工作的警察，覺得很無聊，只好打開筆電上網。

房間裡安靜了一會兒，唐聿似乎看完了江鑫傳來的資料，臉上露出不太滿意的神情。「都是徐源泰和陳義鈞的個人資料，根本還沒進行整理比對。我總覺得江警官很不樂意和我們合作，你看第一天的狀況就曉得了，要是我們不問，兇手提出條件這件事我們恐怕不會知道。現在也是敷衍著遞交報告過來而已吧，簡直和某人一樣糟糕。」

被點名的某人抬頭，很不服輸地說：「哼，誰說我敷衍？我找到線索了。」

「騙誰！什麼線索？你說。」

「我看到一個帳戶名稱和盛祥投顧有關，大概是盛祥的人頭帳戶。」李武擎打了打響指吸引黎海凡的注意力，「喂！有工作了，少在那裡笑得那麼噁心。」

黎海凡從筆電螢幕抬眼，臉上的笑容訴說他此刻觀賞的漫畫有多麼「有趣」。

「幹嘛啦？我很忙。」

「你幫我查查陳義鈞、徐源泰他們兩人的帳目裡有哪些交易記錄和盛祥投顧有關。」

李武擎把兩名命案被害者的帳戶資料、和洪心潔查到有關盛祥投顧的人頭帳戶資料全傳給黎海凡。

「誒——！」黎海凡發出不情願的語助詞。

唐聿聽了皺皺眉頭。「盛祥投顧從哪裡冒出來的？」

「對喔，我好像還沒跟你說。」李武擎說道：「是洪心潔查到的。我讓她去查梁家祥新晴生技的事，結果發現新晴的股票大多是和盛祥投顧對銷來的。盛祥投顧有很多人頭帳戶，購買新晴的股票，等股價漲了就賺取價差……」

洪心潔是以前他們辦案過程中偶然認識的徵信社員工。

「那些股市交易的伎倆我還懂。」唐聿打斷他，「為什麼和新晴有關係的公司會在這裡出現？」

「這不是明擺著的嗎？」李武擎站起來伸伸懶腰。「不管是梁家祥、新晴生技、盛祥投顧還是現在的命案，大概都跟秘密帳戶有關。」

「我現在很確定自己被捲入什麼不得了的事情裡面了……」黎海凡哀怨地冒出話來。

「你現在才意識到？一個月前你差點被抓去坐牢就該曉得了吧！」唐聿毫不客氣落井下石。

「呃……唐督察，現在不是應該安慰人的時候嗎？好歹我也幫你們的忙耶……」

26

梁家祥的好心情從他帶走費尚峰之後就沒有停止過。

此刻，他們正準備前往一間餐廳，據梁家祥說，出席的人都是這次有意購買病毒疫苗的人。

費尚峰無法想像梁家祥的動作會如此快速，竟然已經找到買家了。

「話說回來，你知道我聽見有人感染病毒還死了是多麼驚喜嗎？」梁家祥抽著雪茄說，「是那個逃跑的實驗體幹的好事吧？」

「疾管署的資料我看過了，的確是實驗體逃走時體內的最新變異型態。」

「對呀對呀，那傢伙逃跑了，事情也能順利進行不是嗎？真不知道你之前拖拖拉拉是在搞什麼飛機。」梁家祥吐出煙霧，「我知道你那邊已經有治癒這次病毒的疫苗，現在給我想辦法量產。」

費尚峰沉著臉問：「你要多少？」

「台灣的有錢人有多少，那些有錢人的老爸老媽老婆兒女有多少我就要多少。」

「稍等一下，如果真的要你那個數，全部製作完少說也要一年半載，到那時候病毒有可能變異，那這些疫苗就變成垃圾了。」

「這不是你需要擔心的。」梁家祥笑道，心想等到那時候，他早已不知在哪個國家逍遙快活了。

27

清晨五點多，李武擎與唐聿、黎海凡便整裝待發，簡單用過早餐後，和安文傑、小獵人、陳佩君、徐心汝分坐兩台車，一起沿著隘寮溪前往原住民文化園區，那是前往舊好茶必經的地點。

由於先前已知會，園區的守衛只是瞧了瞧人數與登記名單的姓名後便放行。原本車子是不允許進入園區內，但既然是好茶村的住戶就不要緊。兩台車從園區東側的出口駛出，這時候李武擎看見安文傑探出半個身子朝他們揮手，暗示接下來的好茶產業道路有些崎嶇。李武擎也揮手回應。

就在離開園區沒多久，李武擎注意到他們車隊的左側有人聚集。粗估至少有十多人綁著抗議頭帶，手舉看板，與另一波人發生推擠。

這些人的後面有一間臨時搭建的矩形鐵皮屋，上面掛著「亞茂建設」的布條。看來是建設公司臨時搭建的場所。

車速緩下來時，唐聿問：「看什麼？」

「他們是什麼人？」李武擎說。

「之前發生了一點事。」小獵人回答，「有幾個工人在山裡頭失蹤了，剛好是在亞茂建設的地盤，他們的家屬報警，警察在山裡找了幾天沒找到，亞茂建設說延誤工程，在警方提出證據之前拒絕停工接受尋人活動。」

「建設公司在這荒山野嶺要幹嘛？」黎海凡懷疑了，「蓋別墅啊？」

沒人回應黎海凡的話。車裡安靜了幾秒，李武擎盯著抗議場面看，因為外面太空曠了，能聽見後方傳來爭執聲的模糊回音。

小獵人開口道：「沒事就繼續走吧，要趕在太陽下山之前到比較好。」

這條產業道路不寬，但一般車輛尚可順利通行。柏油路上偶有裂縫或陷落。安文傑今天把車換了輛底盤較高的大車，感覺沒搖晃得那麼厲害。

「ＳＯＳ！我覺得我好像暈車了！」黎海凡在後座摀著嘴巴，面色有些發青。

「當作在打賽車手遊啊。」唐聿涼涼地說。

「哪來這種臨場感……」

「我看接下來也不用坐車了。」

李武擎說完，便看見前頭的安文傑停了車。李武擎也跟著在附近停車，車上三人背著自己的行李走到安文傑身前。陳佩君、徐心汝兩位女性也做了防曬，穿著輕便跟上隊伍。

這裡是產業道路的盡頭，安文傑領著他們再往前走一點，便看見崩斷的柏油路，前方是一整片砂石河床，幾乎一望無際。河床邊就是山的陡坡，空氣裡還微微漫著霧氣。

「我們等等沿著這裡走，」安文傑往前指，「腳程快的話不到一小時就可以到新好茶了。到了新好茶再往上到舊好茶。不過現在我們要先稍等一下，做個進山前的小手續。」

接著安文傑拿出一罐米酒和一盒檳榔，放在河床砂石上，嘴裡念念有詞。

等安文傑把米酒灑到河裡，唐聿好奇地問：「這是什麼儀式嗎？」

「請祖靈保佑我們一路平安。」安文傑露出燦爛的笑容，彷彿在外的游魚終於溯溪回鄉一樣的高興。

倒是黎海凡一臉驚恐。「平安？會有什麼不平安的事情發生嗎！」

「不用擔心啦，不會有什麼事的。」小獵人鼓勵道：「現在的路已經好走多了。」

沿著遼闊的河床往前走，途中幾次穿越溪流，幸好先前準備了長筒雨鞋替換才不至於弄濕鞋子。約略一小時後，他們抵達了新好茶。然而這幅光景卻難以叫人想像曾是一處村落。

這裡的房子都被砂石淹沒了，幾乎連屋頂都看不見，只有一處教堂的橘紅色尖頂無聲昭告著此處曾發生的悲劇。

「我是在這裡出生的。」在李武擎他們凝視這一片砂石時，安文傑低聲說道：「聖帕颱風之後，這裡什麼都沒有了。」

他回想起自己記憶深處，父親曾牽著年幼的他在這裡散步，嘴裡碎唸著此處是受到惡靈詛咒之地，祖先們留過言語，告誡他們不可居住在此，長輩們也不斷反對遷來這一帶，但他們別無選擇。他們沒有足夠的力量，所以只能選擇在此戰死，如歷史中的英靈，以死固守內心唯一的信念。

28

離開新好茶後，李武擎一行人繼續往前進。這時候氣溫明顯開始上升，陽光直接照在他們的頭頂。起初，在安文傑熱情的介紹下，他們還會應和幾句，但在攀過不知第幾次的岩壁後，唐聿和黎海凡幾乎都不說話了，李武擎勉強能跟上，但呼吸仍有點喘。徐心汝、陳佩君兩人雖然落後一截，至少保持著距離跟上。小獵人體能極好，呼吸都沒混亂，但擔心有人脫隊，刻意守在隊伍最後面。

從新好茶出發到現在，又過了兩小時，安文傑帶頭切入溪谷的路，在一片大石區稍微停下腳步等候身後的人。李武擎先到了，回頭看見唐聿白著臉爬山。他之前看過唐聿這種表情是在他遲遲沒訂正錯了十多年錯字的時候，那種表情有一種風雨欲來的寧靜，雖然沒開口，可是總感覺唐聿想把整本報告書捲起來戳到他的眼睛裡。

至於黎海凡則像一沱史萊姆，手腳並用才上得來。

溪谷的坡度又更陡一點，而且通行的路是踩在大石頭之間的小縫隙，那是崩落的灰色石板碎礪，幾乎難以稱之為路，簡直就是在攀爬一座石頭山。

小獵人看看時間，提議道：「快中午了，休息一會兒！我們去那裡有陰影的地方午餐。」

「好。」李武擎應道。

小獵人說的是再往前幾步路的地方，那裡有攀附在岩壁上幾株竹子的樹蔭，石壁之間還湧出山泉水來，算得上是很優美的野餐地點。這段行程從此處開始，道旁稍微出現了一些綠意。

午餐是小獵人從禮納里帶來的小米粽，算是他給外來人的見面禮，儘管這次他們相遇的原因並不值得紀念。

黃色的小米熬得軟爛，裡面包裹肉塊、花生粒，香氣誘人，鹹度適中。既能止飢也能輕鬆消化。李武擎先吃了一個，悠悠哉哉等著其他四人跟上來，在等候時，他注意到有隻黑狗站在更上游的地方，似乎在對著半空嗅著氣味。

「來啦！」注意到李武擎的視線，小獵人吹了指哨，剎時見那條黑狗豎起耳朵，靈活地躍下岩石來到小獵人身旁。「是我的獵犬。」

唐聿這時候抵達了，儘管滿頭大汗，還是很莊重地坐在大石頭上，只不過大概太累了沒胃口，小米粽吃了幾口便作罷。過了十分鐘左右，黎海凡厲鬼一般撲上來，直接把大石頭當作床趴在上面動也不動。

「休想再叫我走半步！」黎海凡鄭重宣告。

不過想當然爾，他的怨言完全被忽略了。

徐心汝也吃得少，只解決了半顆小米粽。陳佩君拉拉不停滑落的背包肩帶，兩三口把食物吃下肚，似乎胃口不錯。

「這種感覺真是久違了，想當初我大學也是登山社的。」陳佩君難得閒聊了一句。

徐心汝頗感意外，「看不出來呢，組長。」

休息了大概四十幾分鐘，他們再度啟程。穿越這段河床溪谷，接下來才有了身處山林的感覺，比起先前荒蕪的石頭路，此時等著他們的是林間窄徑。小徑走了走眼前又是一面斷崖，他們得拉著綁在樹幹上的鋼筋拉繩才能經過這段陡升坡。這坡度險峻得大概有六十度了，對罕少登山經驗的人來說確實有些吃不消。

山坡是一段一段的，爬過一座山坡後再繞過林子，然後又是一道山坡。李武擎原本默默記著路，最後也失去了方向感，只看得見稍早經過的河谷在山下逐漸被霧氣掩蓋。

下午三點多，小獵人轉頭對他們說已經進入部落了。不過這周遭看見的石板屋支離破碎，有些甚至看不出屋子的原貌，只有一片石板豎立在整片荒草中。他們繼續往前走一段，才終於看見完整的石板屋。

眼前一景一物都是他們未曾見過的陌生畫面，但比較讓他們意外的，是有一位棕髮藍眼的外國男人站在那裡等著他們。

29

「觀光客應該都在今天離開舊好茶才對……」

從費尚峰那裡知道舊好茶可能有病毒病源，唐聿就提議暫且停止舊好茶對外參觀。守在入山口的人已經禁止一般大眾入山，沒想到在那之前已經有不少人留在這裡。

正當唐聿擔憂病毒一事會殃及無辜民眾，小獵人同樣一副意外的表情，對那外國男人說：「威廉？你不是下山了嗎？」

「原本下山了，可是走到一半，我突然扭到腳，」外國男人拉起褲管，讓別人看看他纏好繃帶的腳踝。「於是臨時決定再休息一晚上。非常抱歉再拜託您了。」

「我是沒關係啦。」小獵人意有所指地看了李武擎他們一眼。

「怎麼辦？」唐聿低聲問。

李武擎盯著外國男人笑瞇瞇的臉龐，還沒來得及下決定，就看見外國男子跛著腳來到唐聿面前，激動地伸出手。

「我叫威廉！Nice to meet you!」

唐聿一時難以招架這突如其來的熱情，只愣愣伸手回握，「……我叫唐聿。」

「唐聿？」威廉依樣畫葫蘆地唸著，「國字怎麼寫？」

唐聿正想直接拿名片出來，卻發現自己的右手還被握住，而且有點抽不開。

「噢，對不起！」威廉趕緊鬆手。看到名片後驚訝地說道：「哦！police！真是出乎我的意料！」

「既然知道我們是警察就請閃一邊去。」李武擎挺身說：「我們正在執行公務。」

「什麼公務？」

「我覺得可以請人護送你下山。」

威廉笑著婉拒李武擎的提議，「不用、不用，哈哈，我還想和唐聿多聊一下呢！」

「你的口音真標準耶。」黎海凡說。

「我母親是台灣人，我小時候在台灣也住過十年，後來才在洛杉磯定居。」不等對方繼續提問，威廉很大方說出自己的事，「我這次休假到台灣來玩，聽朋友說舊好茶這裡風景很好，石板屋很特別，我就趁這幾天過來。」

「——哎呀？怎麼人又變多了？」

一個略顯肥胖的中年男子走來，邊走邊拿手帕擦拭他有些禿頂的額頭。他身後跟著一個人，與他截然不同的類型，是個身強體壯的年輕男人，看樣子經常鍛鍊身體。

「他是張昆輝先生，也是到這裡旅遊的小商社社長，在他身後的是康力堯，是司機兼保鏢喔。」威廉代為介紹。

張昆輝用手帕搧搧風，「別說得好像我跟你認識很久一樣。明明也就剛剛才聊過幾句。」

「你們不是有句話說有緣千里來相逢嗎？」威廉完全沒因為碰了軟釘子而不悅。「相逢就是有緣。百年修得同船渡。」

「噗！」黎海凡忍不住笑出來。

「那個……威廉啊，」唐聿好心提醒，「百年那句話不是這樣用的。」

「是嗎？真不好意思！」

「中文博大精深，你還差得遠呢。」

一道有些尖銳的女聲從後方出現。一個短髮女人從石板屋出來，年約三十上下，穿著鵝黃色的連身裙。

「林小姐。」想來威廉也是先打過招呼了。

「我來舊好茶採訪那麼多次，倒是頭一回同時遇上這多人聚集。」林千霞語氣有些驕矜。

「妳是記者？」唐聿問。如果是記者，那麼病毒的事情就得謹慎處理了。

「不是。簡單來說，應該稱我為文史工作者。我來舊好茶是為了下一期原民期刊發表的題材。」話鋒一轉，林千霞發問：「那麼警察到舊好茶是什麼原因呢？可以說明一下吧。」

被這一問，唐聿開始快速思考該如何回應最穩妥。他預設的情況應該是在淨空觀光客的環境裡辦案才對。誰知道在他們找尋病源的途中是否會被傳染？

「我們正在追查逃犯。」唐聿想了想，還是覺得這個理由最穩妥。如果有人害怕打算立刻下山是最好，如果不下山，至少會顧忌警方辦案而不會妄自接近疾管局的那些儀器。

果然，有些人的臉色不太好看了，尤其是張昆輝，他就顯得相當膽小，忍不住瞄了保鏢康力堯一眼，像是示意康力堯要保護好他。

「什麼逃犯？」威廉感興趣地問。

「有暴力前科的逃犯。所以我希望大家不要亂跑，盡量待在屋子裡。」

唐聿剛說完，就有個商人嘴臉的男子喜孜孜地跑到小獵人面前。「小獵人吶，我等你好久了！你這兩天去哪裡？我記得你很少離開舊好茶的呀！」

小獵人看上去有些不太喜歡對方，但又不願表現得太明顯。「有點事。」

那商人一看旁邊有人聚集，忍不住發起名片。名片上寫著古董商黃軒財。專營的項目有很多，也歡迎客人委託古董評鑑。

「有機會來喝喝茶也好啊。」黃軒財笑盈盈說。

和眾人打過招呼，黃軒財又繼續纏著小獵人不放。「我三天前就在這兒等您啦，上次的提議考慮得怎樣？我覺得那是很好的提議！」

「我和朋友有事情要先忙。」小獵人比了比唐聿他們。

「這樣啊……」黃軒財掃了唐聿兩眼，目光充滿了試探。「那我晚點再找您商量商量。」

黃軒財走遠後，小獵人鬆了口氣，對李武擎他們說：「你們跟我走，我安排地方給你們。」

小獵人挑了比較靠近部落外圍的石板屋給他們。相鄰的兩間屋子，剛好男女分兩邊。

黎海凡一看到有地方躺就整個人倒成了大字型。李武擎跟唐聿沒有休息的念頭，唐聿好奇地問小獵人：「剛才那位古董商是想和您做買賣嗎？」

「上個月，政府有辦文物展，讓我們族裡也展示一些古物。我挑了幾把祖父用的獵刀去展覽。黃軒財好像就是看到些獵刀之後找上門來。」

「感覺像是來了很多次。」

「很多次嘍！我已經說不賣了，他以為我要哄抬，又加了價格要買。」小獵人說：「那些都是我祖父的東西，我的祖父也是從他的祖先那裡傳承下來的。無關價格的問題，是我捨不得賣。」

「嗯，我理解。」唐聿說道。

起初進到屋子裡，徐心汝就想換衣服。登山過程中，她的運動服已經被汗水沁溼。不過她發現石板屋沒有窗戶沒有門，只好刻意挑了個牆角的位置，偷偷摸摸換穿乾淨衣物。

好巧不巧，一放下行李的李武擎，偏想著要趕快和陳佩君她們討論搜查舊好茶村的範圍，剛踏進隔壁屋子，就看見徐心汝光潔的背部。徐心汝聽到聲音，轉頭，剛好遇上李武擎輕喃一聲「抱歉」而背過身。

唐聿和小獵人接著過來的時候，看見了徐心汝漲紅的臉。唐聿注意到李武擎站在外面，不禁搖頭嘆息：「李武擎，你這人還真是罪過啊。」

「胡說八道什麼。」李武擎低哼一聲。

他們聚集在一起，重新商討要從哪邊著手。

30

何函真站在登山道的某個出入口，研究著手機上的GPS信號。她原本應該跟著旅遊團隊往四疊瀑布的方向下山回到新好茶，但是她沒有。她對領隊說還是決定沿原路返回，昨天拍攝的照片經過整晚的思考後還是覺得不夠完美。領隊沒意見，或許也不該有意見，畢竟何函真不是他的團員，只是一個剛好同行到舊好茶一遊的人罷了。

雖然沒有下雨，帶著淡灰色的霧氣仍縈繞在遠端。空氣裡有股濕氣，帶著泥巴和新草的味道。何函真確認了自己的位置，對自己不太認路的個人特質感到好笑，明明小時候來過這裡好幾次了，但心裡卻好像有種畏懼，擔心山林會將她吞噬一般，連行走的步伐都顯得小心翼翼。

她繼續往回走。這條路如所有遊客一致的評價，只適合下山。因為坡度太陡，下山的時候拉著鋼筋拉繩往下降，可若是要走回頭，簡直就跟攀岩沒兩樣，她花費好一番勁兒才回到步道。

凝結在樹梢的水滴落下，剛好滴在她仰起的臉。冰冷的水珠讓她忍不住一個激靈。她拉起外套，小心翼翼保護胸前的單眼相機。

今天夾在樹縫之間的天空，還是很美。

愛上攝影的契機是場偶然，她發現自己的視力逐漸衰退了，為了想留下一些什麼而決定開始攝影。說也奇怪，明明失明後連照片的顏色也看不到，卻還是執意如此，彷彿擔心以後在訴說曾見過的美景時會有人提出異議一般。照片成了佐證的工具，證明她曾見過、留在心裡的某部分。雖然她的作品無法比上專業者的取景技巧，可她認為自娛就夠了。

泥徑兩邊有叢生的野花，何函真走走停停，多半是為了拍攝這些尋常人認為不起眼的景致。一直到過了正午，她才發覺自己應該加快腳步。

眼前又是一道陡坡。她很清楚記得先前下山時並沒有這一段路。大概又迷路了吧？她拿出手機想對比GPS路線，可惜收訊不佳，索性放棄尋求科技的幫助。她先把相機收好，再探手攀住傾倒的樹幹，將自己往上拉，她的腳踏在斜斜的土坡上，想藉著拉單槓似的動作爬上這裡。第一次她的腳下滑了，碎石跟泥土滾落，害她摔了一跤，重整旗鼓之後她又爬了一次，終於成功。

她氣喘吁吁，抹掉了雙手上的泥巴。

再度抬頭望時，天空已經不那麼明亮了。山裡的天色在下午總有快速轉黑的跡象。她心想自己必須加快腳程才行。

31

日落了，李武擎他們在舊好茶村周邊進行採樣卻一無所獲，由於照明不佳的原因，他們決定暫時停止探索。

舊好茶規模頗大，曾有學校、派出所、教堂等場所，部落裡主要的水源是從學校再過去的一座深潭。這潭水是瀑布所形成，正是傳說當年雲豹帶領魯凱族先人遷徙時，在此逗留的地點，魯凱族人才發現這處秘境，自此定居。

水源是他們首要檢測的標的物，結果證實水源並無絲狀病毒存在。此外，他們也採樣了附近幾處種植水果的土壤，也沒有發現有病毒殘留。病毒無法透過空氣傳播，至少他們確認在這裡生活並沒有感染病毒的疑慮，但病毒到底是從哪裡來的？

晚餐的時候，李武擎發現又有新面孔。何函真簡單地自我介紹，攝影師的她是在回程不經意拖延太久，來不及下山，只好返程到部落裡。

「你好像很在意我的相機。」何函真注意到李武擎打探的視線。

「只是好奇妳拍了什麼。」

「要看看嗎？」何函真直接把單眼相機遞過去。「古茶布安真是個很美的地方。我都擔心我拍攝技術太爛了沒拍好。」

李武擎觀看何函真的作品。「我覺得很不錯了。」

徐心汝在一旁偷偷注意李武擎。

陳佩君等沒人注意時，大膽問小獵人：「請問你們現在還會獵食野生動物來吃嗎？」

除了接觸傳染外，食用受感染動物也是染上病毒的途徑。

小獵人倒是坦然，回應道：「現在沒有了。以前我小時候阿爸會帶我去獵水鹿，現在沒有了，頂多釣魚。」

「魚類啊……」徐心汝喃喃道：「病毒的儲存宿主應該是哺乳類……」

因為顧忌其他不相干的民眾，李武擎他們盡量不在公開場合討論案情。

這頓飯吃得有些沉悶，最大的主因當然是病毒的關係。

「你好像很無聊的樣子，唐聿。」威廉湊過來，挺興奮的樣子。

「不會啊。」唐聿尷尬地笑了笑。

「我們也來聊聊天嘛。」

唐聿隨便問，「你待在這裡幾天了？」

「兩天！」

「好玩嗎？」

「不錯。」

「有發現什麼特別的事嗎？」

「有！」

唐聿等了一下，以為威廉會自己說出來，但看威廉的樣子大概是想等他繼續問吧。

「什麼特別的事？」唐聿忽然覺得這個外國人比李武擎還難搞。

威廉神祕兮兮地靠近一點，說道：「如果我告訴你，我會得到什麼獎賞嗎？」

「……」

「——唐聿！」李武擎喊了一聲，「吃飽就要談正事了，過來。」

唐聿連忙對威廉說聲抱歉，結束這個話題。

「沒關係！你們忙！」威廉目送唐聿進入石板屋內時，他的視線與李武擎的交錯，彼此都充滿試探。

陳佩君率先說：「這裡的水源和土壤都沒有問題，所以應該不是村子裡的既有物。我現在假設病毒宿主會不會是隔一段時間才會來到村子附近的動物。」

「類似禽流感那樣？」唐聿問。

陳佩君點頭道：「或許。」又面現難色：「生態學方面並非我的專長，要驗證這項假設要找其他人幫助。」

「如果有固定遷徙的動物，剛才小獵人就會告訴妳了。」李武擎說。

討論途中突然迎來一陣沉默。

徐心汝小心翼翼開口：「那個……我有一個想法，如果活的生命體不行的話，屍體……怎麼樣呢？」

眾人的視線都望向她。陳佩君想了幾秒鐘領悟了徐心汝的意思，陳佩君輕拍掌心，說：「對啊，我怎麼沒想到！」

「什麼意思？」唐聿發問。

「屍體也是一種傳染途徑，」陳佩君說：「如果是因為感染病毒而死的屍體，沒有做好處理，屍身照樣採取得到病毒殘餘。」

「呃，感覺話題越來越驚悚了，」黎海凡抱著筆電說，「該不會還要開棺驗屍什麼的吧？」

「有必要的話當然要這樣了。」陳佩君說。

「我記得魯凱族人傳統的葬禮是土葬？」

「正確來說是側身葬，」唐聿回應李武擎說：「而且就葬在室內。」

「啊！對對對對對！」應和之後，黎海凡忽然彈跳起來，整個人靠到牆邊，「我記得以前社會課好像有上過！他們是不是把家人埋葬在石板屋底下？」

唐聿說：「緊張什麼？埋葬家人的石板屋只有自家，這裡是聚會場所。」

「欸！」黎海凡反應極快，清了清喉嚨，回到原來的位置說道：「沒事，我只是想活絡一下氣氛！」

唐聿懶得理他，「要問問小獵人，我記得也有公墓。」

32

實驗體逃跑的病床依然維持空蕩凌亂的模樣，隔壁五間房，另一張病床上，被費尚峰稱為實驗體二號的對象如過去數年，緊閉雙眼陷入腦死狀態。

腦死的人，幾乎最終難逃死亡的命運。儘管實驗體二號的心跳與身體機能仍持續運作，但費尚峰知道這個虛弱不堪的男性終究無法存活。從最近的血液檢查報告中可以發覺，實驗體二號的身體狀況已然衰弱到難以負擔成為實驗對象的責任，那麼，無論實驗體有沒有逃走，身為哥哥的實驗體二號都必須在今日步入死亡，以免他體內原有的價值跟著身體機能一起消滅。

費尚峰把另一個研究員叫過來，要他幫忙將實驗體二號翻身側躺。費尚峰的手邊已經準備好抽取脊髓液的工具。當費尚峰把抽髓針刺進實驗體二號體內，不知是不是錯覺，那研究員感覺掌心下的身體正在發抖。

研究員不忍地別開眼。

「看著。」費尚峰忽然說。他要研究員看著此刻正在他們面前發生的事。「你覺得這很殘忍嗎？」

當然殘忍，之前抽血、抽取精液也就罷了，抽取脊髓液本就有疑慮，何況是對一名腦死的病患如此做。儘管這麼認為，研究員仍不敢說出自己的心聲。他應和著費尚峰，輕輕搖搖頭。

費尚峰壓根不相信對面這個研究員的表現，他手裡的針管持續穩穩地抽取掉實驗體二號的生命。

他輕聲道：「重生勢必伴隨著犧牲……」

還沒拔出針管前，實驗體二號的生命體征儀器就發出了警示。費尚峰沒有罷手，直到實驗體二號的心跳完全停止，他才像隻吸光獵物鮮血的狼，滿意地離去。

33

根據小獵人的回答，部落附近確實有一處公墓，以前族人習慣將死去至親埋葬在家屋內也是事實，但小獵人的神情顯然透露他不願外人打擾族人死後的安寧。

陳佩君說她們可以採取比較迂迴的方式進行檢測，例如先從墓地附近的水源或者動植物著手，不一定得開挖屍身。小獵人這才勉強答應，約好翌日白天帶他們過去看看。

夜深了，儘管想像得到城市裡依然一片霓紅輝映，但這裡的景色卻深沉得猶如水墨。晚間委婉的蟲鳴反倒襯得周遭更加安靜。

來到舊好茶的人們陸續睡下。幸好攜帶過來的睡袋相當保暖，不至於感到寒冷。

李武擎躺了片刻並沒睡著。要考慮的事情太多，那些事從李妍死後就沒讓他好過。他轉頭看了看唐聿的睡臉，接著悄悄從睡袋爬起來。

出屋往外走，能看見安文傑在外頭燃了簇蔓火。他坐在石板椅上像在欣賞山間的夜景。

「你睡不著？」安文傑好客地問。

「不太睏。」

「這裡坐吧。」

蔓火燒得很旺。可能是有相思木的原因，空氣裡瀰漫一股清爽雅致的碳烤香氣。李武擎透過搖曳的火光看向安文傑，這個人看起來挺有書生氣質的，但個性堅韌，是個擇善固執的人。

「聽小獵人說，你們想去我們部落的墓地？」安文傑問。

「是。」

「你們有考慮過我們的心情嗎？」

沒想到安文傑的語氣會突然變得責備，李武擎猶豫片刻，回答說：「不得不為的事情，總是令人難受。」

安文傑撥動篝火木柴，輕輕笑了一聲，有點像是嘲笑。

沉靜之中，他們都聽見有道細碎的撞擊聲在暗夜裡作祟。李武擎如獵犬般警戒心大起。

「請你待在這裡。」

李武擎輕手輕腳返回石板屋。

要在暗夜裡掌握目標對李武擎來說並不困難，他受過的專業訓練讓他很快查出異狀。有個黑影躲在屋子裡，自以為聰明地停下手邊的事，伏在窗邊，聆聽外面的聲響。過了一陣子似乎認為沒有人會注意到，這才又繼續翻找。

李武擎守在門外，當他提著手電筒照亮黑影的身軀時，李武擎不意外地對著那人說：「我就想我怎麼那麼討厭你，原來是這樣。」

威廉凍住一般僵在當場，知道自己被包圍後扯出一抹苦笑，「……呵呵，這是誤會！」

隨後唐聿也醒了，他們在屋裡審問威廉。威廉被上銬，坐在屋子最裡面以防他衝出去逃跑。

「這很不舒服。」威廉舉起腕上的手銬，以求情的眼神望向唐聿，「有話可以好好說，你們不都善待自首者的嗎？」

「你是現行犯，沒有自首這種說法。」李武擎毫不留情，「說！你偷了什麼東西？」

「我沒有偷東西！」威廉高聲道。

「這叫未遂。」

「Nononono，」威廉連忙否認，「我只是想『翻看』一下。」

唐聿以威廉的原詞詢問：「你要翻看什麼？」

威廉的目光輪流掃過他們，欲言又止，嘆了一口氣。「Ok, fine!」他無奈說：「我告訴你們我來這裡真正的用意好了。我不想被當成罪犯。」

他要李武擎去找找他包裡的皮夾，裡面有關於他身份的證件。

李武擎取出威廉的綠卡與職業工作證，瞄了一眼，隨即轉交給唐聿。

「ＷＭＦ專員？」唐聿看著那張職業工作證，尋求威廉的解釋。

「World Monuments Fund，」威廉說：「『世界建築文物保護基金會』的縮寫，我是他們派來預先審查報名名單的探測員。」

「說清楚一點。」李武擎很不耐煩。

「讓我先釐清一下，你們知道ＷＭＦ是怎麼樣的組織嗎？」威廉反問。

「和世界遺產差不多？」唐聿憑印象猜測。

威廉頓了一下，「我們確實和世界遺產中心關係密切，也有不少相同點。有些細節當然是不一樣，但你們還不用認識得那麼清楚。對你們來說，重要的是必須知道ＷＭＦ與世界遺產中心最大的區別在於我們不受聯合國約束。」

唐聿說：「我知道我們台灣受限於聯合國的會員身份，沒有提報世界遺產的資格。」

「正確。」威廉附和道：「WMF每兩年會向全世界公布一份『世界建築文物守護計畫』，幫助需要保護或者援助的歷史遺跡。在每次審查文物名單的過程中，我們座落在各區域的辦公室都會派適當人員到名單地點進行實地探訪。」

「這麼有意義的事情不必鬼鬼祟祟的吧？」唐聿試圖觀察威廉的神情看是否有虛假之處。

「秘密訪查的關係，」威廉笑了笑，「我們希望看到文物遺跡最真實的一面，不要有政府的介入。」

李武擎一把搶過威廉的證件丟給黎海凡，「查看看身份是不是真的。」又轉頭對威廉說：「我還沒有完全相信你。」

黎海凡半夢半醒打著瞌睡，恍惚地拿起WMF的證件開始進行搜尋。

「你應該要相信我，」威廉試著說服對方，「因為我這兩天發現這裡有一些怪事，我猜和你們正在查辦的案子有關。」

「你知道我們的案子？」

威廉傻笑著猜測：「Virus?」

唐聿沉默不語。

「我不小心聽到的！真的！」威廉挽救信任一般解釋。

「不小心才有鬼。」李武擎諷刺。

「不要這麼苛刻嘛，我畢竟是為了審查舊好茶村合不合適成為文物守護計畫的一環才來的。在這裡發生的事件我有權知道，況且——」威廉使出殺手鐧似地說：「是你們向ＷＭＦ報名要成為審查名單的對象，知道嗎？」

「也要你是真的審查專員再說。」李武擎完全不退讓。「而且我也還沒確認是不是真的有申請守護計畫這回事。」

「他的疑心真的很重，對吧？」威廉側過頭對唐聿低聲說。但在這個不算寬闊的空間裡完全沒有起到壓低聲音的作用。

唐聿想了想，提議道：「也許你可以先和我們分享你剛剛提到的怪事，以示誠意，如何？」

「噢，對。在我來到每個審查地點之前，我都會先調查當地的歷史情報。在舊好茶其中有一樣是關於喪葬的部分，如果我的認知沒錯，魯凱族人會掀開地上的石板，將死去的親人埋葬在裡面。」

唐聿同意，「魯凱人的確是有這種傳統。」

「喪葬傳統對文物保存來說是很重要的環節，我格外注意這一塊。但是你們沒發現嗎？這個村落裡很多石板屋的地上，有近期被翻動的痕跡，這一點和小獵人的說法不吻合。據他所說，自從村人幾乎都遷移到禮納里或者外地後，他們已經有很長一段時間沒有延續這個傳統了。」

「你是指有人刻意翻動？」

「這和你們晚上的討論內容很一致吧？這我也是不小心聽到的！」威廉說，「屍體上殘存病毒其實很常見。我們ＷＭＦ專員在探索墓穴或者山林密道時總是會注意未知疾病的擴散。」

這時候威廉竊聽的行為已經微不足道了。唐聿和李武擎他們更在意的是絲狀病毒散播的源頭，也許真的是有心人挖開屍骸、刻意引發的致命攻擊。

「我查到了。」黎海凡舉手說道，「我進入ＷＭＦ他們在紐約帝國大廈的總部資料庫，直接查到這個阿兜仔的契約資料。」

「真的嗎？」威廉驚呼。

「又不難。」黎海凡把筆電螢幕轉過去給他們看，「他好像真的是基金會的人。你們看，他這張大頭照超拙的！」

李武擎簡單掃視威廉的工作資料。已經透過翻譯軟體呈現的文字說明威廉經手過多件世界各地文物保護的專案。他的居住地也經常變動，或許是工作性質需要來往各地的關係。

「沒我事了？」黎海凡半張著眼皮說，「我想睡覺。」

「睡吧。」李武擎遂了他的願。

不出一分鐘，黎海凡就傳出規律的鼾聲。唐聿心想黎海凡這傢伙半睡半醒比他完全清醒的時候還可靠。

「真厲害！他是你們的駭客？」威廉好奇地問。

「那不重要，威廉先生——」

「——叫我威廉就好。」

唐聿替他的手銬解鎖，勉為其難說：「好吧，威廉，我希望你不要把這裡的事情說出去。」

「當然！我不會說出去的喔！」威廉一口應允，開心地問：「因為參與你們的偵察，要在破案之前保持機密，這一點我還是懂的。」

不是詢問，威廉直接將自己列入團員。

「憑什麼？」李武擎依然口氣不善。

「我剛剛不是說了嗎？我擁有的舊好茶情報能幫上你們的忙。」

「小獵人會比你知道的更清楚。」

威廉聳肩，「也許。但他不見得會說喔！」

「他沒理由瞞我們。」唐聿說。

「根據我的經驗，一般牽扯到負面形象問題，無論是民族或者宗族，都會傾向隱瞞情報。他們的團結心在我們面前會感覺非常自私，可是不能怪他們，因為這是他們的家。我猜這次你們提到的病毒絕對不是什麼好事吧？」

「確實會有這種可能……」

李武擎看到唐聿的反應，知道他被說動了。

「李武擎，你認為呢？」

李武擎冷漠丟下一句：「隨便你。」

威廉打量了一下現況，喜孜孜說道：「我就當你們答應了！」打了個響指，他說：「那麼第一步——現在很晚了，我覺得我們真的該上床睡覺了！」

34

整個下午，江鑫都在想著命案。他在兩個現場之間往返，考慮犯人將徐源泰、陳義鈞當作殺害目標的動機，他站在被害人的白色劃體旁邊，假想自己落單時，犯人從背後偷襲、扎針。因為想得太深入了，最後問題變成：殺了這兩個人，犯人的心裡真的會好過一點嗎？

他沉默站了一會兒，感覺累了才離開，不想回分局，不想回家，但除了這兩者之外又無處可去，隨興在路上漫步時，兩個女孩子攔住了他。

「耶穌愛您！」長頭髮的女孩笑著說，手裡的宣傳單往前一推。

按照以往，江鑫大概會直接離開，如果是在警局附近，他或許會先說一聲不好意思再離開，總之他不曾停下腳步。那是出於對某種信仰的抗拒。可是這次他居然止步了。

「我們這個週末有活動，歡迎參加喔！」另一個女孩熱情地說。

江鑫收下眼前的宣傳單，看見上面寫著斗大的「神拯救世人」標語。密密麻麻的聖經節錄就在一張教會的照片下面，還有數名年輕貌美教徒的合照，她們的笑容彷彿真的被他媽的神拯救了。先救救熱帶雨林吧，印這些有什麼用？江鑫感覺好笑極了，不顧那兩女孩進一步詢問他的臉色，他只感覺世界上有部分總是荒誕不經，其中大部分就是神搞的。

可是他到底從什麼時候開始變成這樣？憤世嫉俗？這副模樣連自己看了都自我厭惡。但他就是無法停止自嘲，尤其在熬著這般乏味忙碌的警察生活時，他總想自己為什麼沒有得到幸福的資格？事情不該這樣發展的啊，不是嗎？為什麼會有人一邊享受安寧的社會安全卻又同時埋怨沒有足夠的感情皈依？他很想大喊他分身乏術啊！沒有忠誠的僕人會拿著宣傳單讚揚他的付出，宣告眾人有關他對家庭的愛與渴望。

這種事說到底真是蠢斃了。靠。真該死。

結果，妻子沒了，女兒沒了，工作上的功勳也沒了。那些在監獄裡懺悔的罪犯，卻可以在外界遺忘的一角享受心靈的平靜？這未免太可笑了吧。

更搞笑的是他沒有改變現況的勇氣，害怕失去擁有了大半輩子的警察職務後，就連一丁點存活的價值都沒有了。他猜他可能會窩在家裡、吃著成條的土司，將帳戶的餘款揮霍殆盡。或許更慘。無論如何，他需要被渴望，而不是渴望他人。

這個社會和他當初認識的已經不一樣了，江鑫清楚地意識到，憑藉對正義的熱情而當警察，不再是唯一的要件。他不久前才在孫志忠嘴裡聽到，一些後輩們醞釀聯合辭職，也有許多前輩申請提早退休。江鑫很好奇他們的決心從何而來，會不會感到後悔？因為他一直很後悔放棄女兒。他怕自己在遞出辭呈的瞬間就後悔了。

他為什麼如此怯弱？

他試著平靜思緒，不去想那些煩人的鳥事，可惜那些鳥事總是來煩他。他忽然想起自己已經三十八歲了，是不是步入中年焦慮？知名的企業家在報紙刊登出書信息，闡述自己奮鬥的過程。但江鑫發現回首過去的自己竟然沒什麼好說。

對啦，也許可以說說當初他有女兒之後的喜悅。大概兩張稿紙就夠了吧。

江鑫回到了家，打開電視，抽煙。將空掉的菸盒捏扁之後丟進垃圾桶，卻發現客滿的垃圾桶把菸盒送回他的腳邊。

人背到極點時，就連垃圾桶都跟你對著幹。

黑壓壓的屋子裡，剩電視在閃爍。江鑫盯著螢幕的表情酷似一名旁觀者在觀賞一場與己無關的死刑執行。

他需要被渴望。破案，享受那種短暫的虛榮。

他知道自己有點自暴自棄。

35

那個男人就是下令綁走我和我大哥的人。我爸爸的生命就葬送在他手上。我曾在心裡詛咒他千遍萬遍，祈求神若達成我的願望，要我付出任何代價都可以。但神是不會答應這種黑暗的心願，同樣的，我也相信這個男人黑色的心願將會以失敗告終。

他出現的時候先是看看我，在我病床周圍繞了一圈。他檢測我的體征，調整我的點滴瓶，並試著與我對談。

儘管我平常能和其他負責監視我的人對話，在他面前，我根本不想說出任何一個字。

但他像是很滿意我的反應，自己嘀嘀咕咕說了很多。包括求學時期的困難，科學研究的難度，那些都是我不感興趣的，結果不知不覺，我睡著了。

醒來之後，我沒看到男人的身影。大概是過了一天，總是負責早班的人出現了，帶來豐富的早餐菜色，繼續守在我床頭。

雖然感覺身體有些地方傳來鈍痛，但我從沒把男人這次的到訪放在心上，直到三個月後，我才驚覺男人的陰謀，早在那天植下了種子，在我渾然未覺時萌芽。

第三章

1

——一八一四年，古茶布安

達杜拉妮過了一會兒才發覺不對勁。

平常這個時候，早該返家的父親並未出現在她的眼前。達杜拉妮毫無睡意，在屋外走走時不經意窺見附近有火光，趨近一看，幾個長輩聚在一起不知在討論什麼，幾個穿著整齊帶著水與刀棍的男人似乎要離村走遠，他們發現達杜拉妮接近後都不約而同保持沉默。

那些人充滿猜忌的怪異眼神撩起了達杜拉妮心底的不安。她裝作返回屋子的模樣，又躡手躡腳溜出去，躲在旁邊偷聽他們的對話。

「祭司和史官大人已經出發……」

「沙布拉很危險，你們要小心謹慎。」

聽到沙布拉的名字，達杜拉妮終於曉得是怎麼回事了。稍早祭司洛安和她說的一番話，加上族人的行動，恐怕洛安已不需要她的回覆，決定自己提早動手趕走沙布拉。

達杜拉妮感到非常驚愕，從沒料想平日和平共存的部落大家族，居然會真的加害歷劫歸來的族人。她又氣又悲傷，身體有些顫抖，卻仍告訴自己必須盡快趕到沙布拉身邊救他脫困。

沙布拉住在部落最邊緣。達杜拉妮繞了小路，加快腳程，決定從沙布拉家的後面接近。奔至現場時，達杜拉妮看見那邊已被幾個人圍住，火把的火光將漆黑的環境照亮，在每個人的瞳孔裡燒成一團名為恐懼的火球。

沙布拉在妹妹莎瓏的攙扶下，站在門口，正面迎對洛安與馬耀的視線。他雖然虛弱，但身體裡獵人的血脈仍讓他的氣質看上去勇敢而不屈服。

達杜拉妮看見洛安站在眾人眼前，要求沙布拉接受神的制裁，返回神廟受罰，然而沙布拉不肯，他推開妹妹扶握的手，對洛安說道：「傳說只有祭司可以免疫被神石鎮壓的瘟疫之毒，因為被神選中而擔任祭司的人受到神的恩寵。」

「這件事大家都知道。」

「是嗎？」

沙布拉反詰的語氣讓洛安立刻皺起眉心。只見沙布拉從懷裡拿出一株藥草，高舉到洛安眼前。

「你知道這是什麼！」沙布拉理由氣壯說道，「我看過你食用這種藥草，不止一次。這是對抗瘟疫的解毒草對嗎！你提早服用解藥，所以不會被瘟疫感染，根本不是真的對瘟疫免疫！」

沙布拉的發言激起附近族人一陣喧鬧，馬耀也不禁觀察洛安的反應。然而洛安的態度依然沉著。

「沙布拉你就是吃了這種草藥才得以回來的？」有人好奇地問。

「我沒有食用這種草，但阿爸提過，有毒必有解。大家都沒看過這種藥草吧！部落附近都沒有，我是在神廟裡發現的，這肯定和瘟疫有關。洛安定時服用這種草藥，等到祭祀之日——」

「——不要胡說了。」洛安忽然開口，「那不是解藥，是毒草。」

「你說謊！」

「沒說謊。來試試就知道了。」

洛安喚人抓來一隻野兔，將沙布拉手裡的藥草餵給牠吃。不一會兒，野兔突然渾身抽搐，口吐白沫翻肚死亡。

沙布拉見這一幕，不可置信，喃喃自語道：「怎麼可能……」

莎瓏在旁憂心忡忡低喃著：「哥哥……」

「沙布拉，不要欺瞞族人，你做的一切會讓你的父輩蒙羞！」洛安說了狠話，「走吧，我將帶你返回神廟，替你向神懺悔。停止所有無意義的抵抗吧。」

原本圍觀的族人們好像得到授權，蜂擁向前，與沙布拉產生了推擠。沙布拉抱緊妹妹莎瓏的肩膀，反應有些遲鈍。這時候達杜拉妮衝出來，手裡捧著一盆水往半空灑，嚇退了一些人，她大喊：「別碰他們！」

接著她擠進人群，一抓住沙布拉的手就跑，試著帶他們兄妹兩人從平日少有人走動的小路離開。

他們三人氣喘吁吁地跑著，尤其是沙布拉，雖然神廟的瘟疫之毒沒有奪走他的性命，但他仍需要一段時間恢復體力。

「快跑！」達杜拉妮領在前方，看到後頭樹林裡搖曳的火光，知道他們被洛安等人追上只是時間問題。

她開始想要讓沙布拉逃到哪裡？他們太匆忙，身上沒有攜帶任何物資與衣物，至少要找到一處可供落腳的房子，這時她想起通往聖地巴魯谷安的路上有幾處暫歇的小屋，那是父親馬耀告訴她的，那些小屋原本是巡守聖地的獵人們暫居之所，現在大多廢棄，族人們也少有人知。

聽見四面八方傳來追兵們互相確認位置的回音，達杜拉妮決定自己去拖延對方的腳步。她對沙布拉說：「往北走，找到荒置已久的小屋先休息一下，等天亮後就尋路遠行吧。沙布拉，不要再回到村子，他們都已是被恐懼迷惑的人，只會傷害你……我不想你受到傷害。」

沙布拉緊緊握住達杜拉妮的手腕，「我怕他們也傷害妳。」

「不會的。」達杜拉妮想讓他安心，「爸爸會保護我，你知道他最多罵我幾句。」

在林子裡迴盪的腳步聲似近似遠。達杜拉妮隱忍落淚的情緒，也對莎瓏說：「幫幫我，照顧你哥哥。」

不多話的莎瓏點點頭，咬著下唇，似乎也快哭出來。

「走吧，沙布拉，我會想你的。」不等沙布拉回應她的心情，達杜拉妮放開他的手，推著沙布拉往北方去，然後轉身而行，預備幫沙布拉爭取時間。

沙布拉不想走，但莎瓏抓著他不放。這小妹眼神裡的倔強是沙布拉第一次看見。這時候沙布拉終於明白這輩子恐怕無法回到他唯一的家了。

達杜拉妮返程沒多久就和父親馬耀碰上。

「沙布拉呢？」馬耀問。他身後的三個族人也在等達杜拉妮的回答。

達杜拉妮自然不會老實回覆，她先是央求父親放過沙布拉，然後解釋沙布拉對大家並無惡意。然而馬耀卻只是用憐憫的眼神望著親愛的女兒，以近似耳語的聲音說道：「妳不懂的事情還太多了。」

這時，一聲響亮的指哨聲傳來，回音在林梢震盪。馬耀他們一聽就知道是有人追到沙布拉的影子，連忙往該地會合。

達杜拉妮的力氣根本擋不住他們，只好跟著他們一起跑，路上，左右都有人聚集過來。達杜拉妮非常慌張，腳踩在濕滑的石頭上，被自己的腳不小心絆倒。她整個人摔在泥濘裡，隨後掙扎站起，感覺一陣痛楚襲擊腳踝。但是她不能停止，她努力一拐一拐地追上其他人，心想也許最後她可以用自己的生命威脅大家放過沙布拉。

可是她還是到得太慢了。眾人已經包抄沙布拉和莎瓏，兩人被逼到懸崖邊上。火炬的光亮照出這對兄妹的困境，也令夜晚的懸崖化身成怪獸的深喉。莎瓏雙腿顫抖，唯恐一個不小心就會失足。但無論是摔落或成為祭品，他們的下場好像都逃脫不了死亡。

這場對峙並沒有持續太久，因為沙布拉已經沒有退路，他瞪著洛安，口吻滿是怨恨。

「洛安，你會為你今日的所作所為付出代價！之後繼承祭司的人，都會感受到我這份痛苦，繼而無能為力地死去。你們並未受到神的恩寵，你所說的盡是虛假的旨意，總有一天我會回到部落，拿回屬於我的一切。」

說完，沙布拉抱著莎瓏，傾身跳下懸崖。

2

費尚峰一直在飲用一種飲料，青綠色的，看起來就像把各種蔬菜放進果汁機裡加水打碎的養生食品。偶爾有幾個實驗室的同仁會看到，但他們似乎並不感到奇怪。

既定的觀念會影響一個人的認知，會限制好奇心與疑問。費尚峰很清楚這一點，因為他也曾困在舊有的觀念裡，認為一切都該逆來順受。
將這杯青綠色的飲料一口氣喝完後，費尚峰離開飯店下榻處，到了地下停車場，那裡有一台車沒熄火，正在迎接他。
車上的人清一色是有著壯碩身材的男性，他們戴著墨鏡，似乎想掩蓋相貌。
順利接到費尚峰，車子駛離了飯店，潛行在凌晨的薄霧裡。
此行目的地是舊好茶村。
車廂裡堆放了手機訊號阻斷器。
包括實驗體在內，費尚峰想將那些人一個不漏困在山上。

3

舊好茶的清晨，每一口呼吸彷彿都飽含詩意。北大武山的壯麗稜線就在眼前，山間雲霧繚繞，好似置身仙境。
李武擎站在屋前眺望美景，心裡想的卻是其他的事。
徐心汝從旁邊走來，打了個招呼：「睡得好嗎？」
「還可以。」
徐心汝點點頭，和李武擎並肩，過了一會兒，嘆息道：「真的好奇妙，就算世界上發生那麼多可怕的事，這片天空還是那麼美麗。」

「那是因為妳看待世界的角度很美。」李武擎說。

徐心汝轉而望向李武擎的側臉，猶豫片刻，心想自己其實不是想看美景，而是想和他看同一個世界。可她現在還沒有勇氣說，只委婉問：「你現在有女朋友嗎？」

「沒有。」

「喜歡的人？」

「唐聿。」

徐心汝笑了，「我是說朋友以外的人啦。你從以前開始就很喜歡拿唐聿當擋箭牌，看樣子現在好像沒變。」

「因為他很方便嘛。」

「——混蛋，你說誰方便啊？」唐聿走出屋子，「你當我是螺絲起子還是尖嘴鉗啊？」

「早安。」徐心汝覺得他們之間的互動很逗趣。這不禁讓她想起大學時和李武擎短暫交往的片段。

「偷聽別人說話很不道德。」李武擎說。

「我沒有偷聽好嗎？你知不知道在空曠的地方聲音會傳得很遠？」

「一早就這麼有精神啊。」陳佩君也來了。

小獵人在旁邊喊著他們，「我烤了麵包，都過來吃吧。」

聚集在一起享用早餐的還有其他客人，李武擎算了算人數，沒看到張昆輝的身影，但他的保鏢康力堯有在。

「張先生還沒起床？」李武擎向康力堯搭話。

康力堯似乎連這句問題都在謹慎思考要如何回答。

「我沒看到他的人。昨天半夜他尿急，叫我不必跟著。我推測他可能一整晚都沒回來。」

「不去找他嗎？」唐聿問。

康力堯回應道：「不久前我在附近找了一圈，沒找到。手機也沒通。」

因為正值兇手施放病毒的案子，唐聿向李武擎附耳輕喃：「該不會和病毒有關？如果張昆輝遭到兇手攻擊的話……」

這時，一聲狗嚎在遠處響起。應該是小獵人那隻訓練有素的獵犬。

小獵人警覺道：「有事發生了！」

他們從部落東北方的路出去，經過一道類似大門的出口，進入水源地。水源地再過去一段路，有一座斷崖，斷崖下方的水邊有個洞穴。小獵人的獵犬就在洞穴前嚎叫，直到看到牠的主人到來才停止示警。

而引起獵犬嚎叫的原因，正是洞穴裡那具屍體。

「是張昆輝……」唐聿認出死者。

這個洞穴光是兩名成年男子站立就顯得很擁擠。屍體斜立在狹窄的洞穴裡，有一根削尖的木頭從張昆輝的背脊刺入，尖端從胸口穿出。木棍的另一邊卡在洞穴邊角，支起了張昆輝的身體。

張昆輝面部朝上，盯著洞穴裡無盡的黑暗。不規則吹動的微風搖動了他凌亂的衣衫下擺。

「兇手將他死後布置成這樣？」

李武擎看了看現場的血跡，「看這出血量，應該是活活刺死的。在那之前他和兇手有短暫的動過手。張昆輝的衣物很凌亂。」

李武擎戴上手套，打開手電筒，小心地靠近張昆輝的屍身。他審視現場的環境，赫然察覺在張昆輝腳邊遺落一朵黃色小花。李武擎往外掃一眼，這附近並沒有相同品種的花卉。

就在李武擎來不及觀察花卉的外貌，林千霞的驚呼聲吸引了他的注意。

唐聿連忙對她說：「不好意思，請不要靠近現場。」

林千霞摀著嘴，聲音有些含糊地說道：「這副樣子……這副樣子簡直就像被傳說中的部落勇者希白巴力所復仇一樣！」

「你說什麼？」唐聿需要她再說明一次。

「不要胡說了！」跟著過來的安文傑駁斥她的說法。

林千霞轉而詢問小獵人，有些激動地說：「我沒記錯對不對？這裡就是傳說裡希白巴力被部落隔離的洞穴！」

小獵人點頭承認，對唐聿解釋：「那是部落裡一個神秘的傳說。以前，有個小男孩從出生開始，他雙眼所看見的生物都會死亡。隨著他長大，小男孩的力量越強，他的父母擔心小男孩會給族人添麻煩，於是將他送到部落北邊，讓小男孩負責部落北方的安全。

有一次，敵人偽裝成幫小男孩送飯的母親，誘騙小男孩轉身等待。沒想到有一隻長矛竟從背後刺進他的心臟！小男孩奮力掙扎，張開雙眼，不僅所有被他看到的地方變成一片焦土，就連襲擊他的敵人也灰飛煙滅了。之後，擔心強大力量再度爆發，小男孩被族人送到這個洞穴來，避開人群，過著隔離的生活。」

「我覺得這是個悲傷的故事。」唐聿輕聲說。

「被隔離的希白巴力會有多難過啊！」林千霞有些裝模作樣地說道：「我想希白巴力的靈魂有可能持續守在這裡，看見張社長要對部落不利，因此決定剷除他吧。」

張昆輝要對部落不利？唐聿想知道她是用什麼作判斷。「這話怎麼說？」

「昨天上午，我聽見他不知道在和誰說話，情緒相當激烈，說了很多敏感的字眼，像是『死了』、『上億元』、『契約金』什麼的，發現我在旁邊就神秘兮兮的跑走了。」

唐聿對李武擎說：「你看看張昆輝身上有沒有手機。」

李武擎在張昆輝的夾克暗袋找到手機。大概是被兇手關機了，重開機後發現手機電量充足。唐聿檢查了來電記錄，發現這陣子張昆輝和某一個號碼有較高頻率的聯絡。

「這個手機號碼我怎麼覺得眼熟……」唐聿說。

「打打看。」李武擎擅自按了通話鍵。

「喂！你不要每次都這麼魯莽！」

唐聿正罵著，電話就被人接起。然而唐聿等了幾秒，對方都沒出聲。

「這裡是張昆輝的手機。」唐聿決定先開口。

停頓片刻，對方充滿疑問的口吻說：「唐聿、呃……唐督察？」

4

江鑫懷疑是自己聽錯，但他自認很擅長辨認聲音。在喊出唐聿的名字後，心想那傢伙位階比他高，至少得來個尊稱，於是趕忙稱唐聿為督察。

「江警官？」

唐聿的反應也相當意外，但他們都明白了，張昆輝最近頻繁聯絡的對象就是新晴生技的研究員蔡承志。蔡承志在昨天上午被發現在家中死亡多時，證物多被警方帶走，手機需要調查當然也不例外。

「我們在舊好茶這邊發現謀殺案。」

唐聿簡單說明，一個叫張昆輝的老闆被人謀殺。另外，他們仍在進行尋找病毒病源的工作。

江鑫隨後將短時間內能查到的張昆輝身家資料傳給唐聿。多少也明白李武擊他們去舊好茶找線索不是做白工。

江鑫從工作堆裡抬頭，瞄了幾眼警局其他同仁，看是否有誰在注意他。覺得自己沒被看見，江鑫便默默將陳義鈞的手機帶著，走出分局。

「小江。」

沒想到會突然被喊住，江鑫回頭，扯出苦笑。

「怎了？」

「要去哪？」

「當然是查案了。」

「有關病毒的？」孫志忠問，「已經出現新被害者了？」

「還沒。我就是去外面巡巡看。」

孫志忠露出狐疑的表情，「你小子……該不會要去縣政府吧！」

沒想到被猜到！江鑫當然死不承認。

「去那裡幹嘛？」

「不要亂來，」孫志忠勸道，「和那些人硬碰對你沒好處。」

「我清楚得很！」江鑫擺擺手，不太耐煩，「先走囉！」

自從上次犯人在二十四小時內要求政府公開謝罪的條件被拒絕後，犯人彷彿銷聲匿跡了。儘管犯人曾威脅要擴散病毒，但到現在一天一夜過去，仍沒有任何類似案例傳出。

他不知道犯人在盤算什麼，可是犯人撂下狠話，就應該知道打鐵趁熱的道理。接下來他要做的事，也是在昨夜那寂寞無邊的思緒裡所誕生的下下策。

5

小獵人找來塑膠布稍微遮掩張昆輝的屍體後，唐聿一行人返回部落。兩分鐘後，他收到江鑫傳來的檔案。張昆輝並非商社社長，而是國內一家藥廠的研發部顧問。如此想來便很合理了。

唐聿說：「準備出售新晴研發資料的蔡承志和張昆輝搭上線，但他們交易尚未完成，蔡承志就死了。」

「他們交易的內容十之八九就是絲狀病毒。」李武擎接著說，「蔡承志知道費尚峰是在舊好茶取得病毒樣本，這就是張昆輝來到舊好茶的原因。他原本想等蔡承志的聯絡，沒想到蔡承志死了。」

「可是我不覺得設計殺害蔡承志的人和謀殺張昆輝的兇手是同一人。」

「我也覺得。蔡承志昨晚偷溜出去，可能是想做什麼勾當，結果反倒被兇手殺害。」

李武擎拿出剛剛在現場撿到的黃色花朵給唐聿看。

唐聿觀察到這朵花滿特別的，它是三大片花瓣，但其中一片較長且有鋸齒狀花序。「這是什麼？」

「一種蘭花。」李武擎說。他剛有抽空向小獵人提問。「小獵人提到這附近有這種蘭花的地方不多。」

這是好消息。唐聿說道：「那不就代表需要搜尋的範圍變小了？」

「嗯，不過有個小小的問題。」

李武擎避重就輕的說法實在讓唐聿很不耐煩。「怎樣？有什麼問題？」

「那個地方被他們稱做『神聖空間』。」

「神聖……啊？」唐聿懷疑自己會錯意。

「對，就是你認為那個『神聖』的神聖，」李武擎說：「聽說是山神與魯凱族人的祖靈居住的地方，外村人禁止進入。」

「哇哈哈哈哈！」

一進石板屋，唐聿就聽見黎海凡充滿戲劇性的笑聲。

「我知道那是什麼花了！」黎海凡抱著筆記型電腦，一臉得意地朝李武擎和唐聿說：「這種花全名叫雙囊齒唇蘭，主要分佈在低、中海拔山區，喜好生長在潮溼肥沃的腐植層環境，最大的特色是有魚骨狀的唇瓣！」

唐聿盯著黎海凡獻寶似地查到的蘭花照片，面無表情的問：「所以？」

黎海凡眨眨眼。「呃……很厲害吧？我用照片搜尋就找到了答案，而且還是在這種大自然之中！你知道現在網路收訊有多爛嗎？我是連接手機的WIFI，要是手機沒收訊就沒網路了喔！我感覺自己快變成原始人了。」

唐聿一副難以苟同的樣子。

李武擎問：「其他的事情先壓後，梨子，我讓你查的東西有結果了嗎？」

「還怕你不問咧！」黎海凡把筆電轉回去，快速按著鍵盤。「我看見資料庫裡有幾筆結果。」

「這種事應該先說吧！」

「我本來昨天就想說啊，」黎海凡喊冤，「可是怎麼知道莫名其妙就睡著了！小米酒的後勁有這麼強？然後剛剛醒來沒看到你們，一眨眼你們又說昨天看見的那個張老闆被謀殺……」

「行了行了，」打斷黎海凡的埋怨模式，李武擎問：「比對結果有什麼發現？」

黎海凡一邊看著螢幕，一邊說道：「查到了。徐源泰、陳義鈞他們和盛祥投顧的交易記錄只有一次，而且兩人都是在七年前同一天、同個價位。盛祥投顧匯給他們八十萬。」

「八十萬，」唐聿說道：「算是一筆相當可觀的金額。」

李武擎接著問：「能不能查到盛祥這筆交易除了匯給他們兩個，是否還有其他匯款人？」

「問題來了！」黎海凡扯著嘴角乾笑：「你是要我侵入盛祥證券查閱他們的交易記錄？還是要給我其他人的帳戶進行比對？」

「我沒有其他帳戶可以給你。」

「那就糟糕了，」黎海凡說：「因為盛祥投顧的防火牆跟你那隨身碟裡頭的一模一樣。」

6

江鑫換了一套深色的衣物，戴著鴨舌帽，躲避監視器，把他準備好的信封投入縣府郵箱。

每天早上都會有人負責整理給縣長的信。沒什麼問題的仍會由縣府秘書先看，最後再轉呈給縣長。周俊賢在收到江鑫那封信時，並沒有格外小心，以至於巧妙安置在信封口的細針刺入指尖時，周俊賢才擔心大事不好。

周俊賢整個人嚇到站起來，推倒了椅子和茶水。旁邊的秘書正在看他這個秘書長為何突然如此慌張。周俊賢假裝沒事，把裝了針頭的信封藏起來。

這一天他如坐針氈。

透過竊聽設備，江鑫知道自己的第一步成功了。

7

黑色獵犬保持距離跑在前方，偶爾停下嗅聞，發現他們跟上後又繼續往前跑。他們一夥人跟在小獵人身後，沿著比較平緩的稜線走，每經過一段路，小獵人會用石灰石在樹幹或大石頭上留下記號。

李武擎請小獵人帶他們去神聖空間，這關乎生死，小獵人也不忍心有人客死在部落，於是願意帶他們前往。

這樣一走就過了兩小時。李武擎依然穩穩跟在小獵人身旁，貌似遊刃有餘，唐聿就有些在內心叫苦了。昨天來到舊好茶這突如其來的運動量，在一夜過去後，疲勞感終於停留在身體裡，尤其是小腿肌肉，倦怠感可不是平常在健身房跑跑步的程度而已。

他低頭看自己的雙腳，不甘心這具軀體如此疲憊，儘管意志堅強，但身體就是忍不住想直接停下來說放棄算了。

「要休息嗎？」小獵人轉過頭來問。

「不用。」唐聿像要把自己逼到無路可退般搶先回應。

「我要休息！」黎海凡喘著氣在最後邊要死不活地唉唉叫。

「囉唆！你的腳是被強力膠黏住了嗎？還不快走！」唐聿罵道。

黎海凡走幾步路就抱著樹幹休息喘氣。「我……我一定要去署長信箱檢舉……檢舉你……」

「匿名檢舉信不受理。」唐聿理直氣壯。「不然，我相信在你報上姓名的瞬間，網路糾察組就會先鎖定你的地址準備把你抓到警局了，你這混帳駭客！」

「欸……說起來我不是應該在部落裡繼續調查盛祥投顧嗎？幹嘛抓我過來！」

「你要留在那裡也行，但我不保證兇手不會找上你。」李武擎說。

黎海凡接受了這個理由，認命邁開腿。

原本威廉也想同行。他是目前所有住在舊好茶的客人裡，唯一知道唐聿他們在調查病毒來源的人。但李武擎當然不肯讓他跟，命令他在部落協助陳佩君、徐心汝到公墓調查。雖然有安文傑在一旁守著，可李武擎想起安文傑那晚上對他們埋怨部落所受到的不公，他就覺得安文傑這個人只能信一半。不是因為替自己家鄉發言的關係，而是李武擎從安文傑的眼神裡看出某中醞釀已久的怨恨。

路線一直往東，穿過一片潮濕的灌木林後，空氣變得潮濕起來，底下的樹葉有些腐化的氣味，泥土濕濘柔軟。

他們來到比之前都還要高的地方，山徑成了一條比腳踏車道還要窄的線。粗壯的樹根盤根錯節，樹冠濃密。光線在半空中很清晰，但眼前的景色卻彷彿貼了一層薄膜。

「要稍微等一下。」

小獵人讓大家止步。唐聿發覺黑色獵犬竟也來到小獵人身邊臥下，好像從某個地段開始就跟在小獵人身後了。

「怎麼了？」李武擎問。

「要先詢問祖靈之後才能前進。」

小獵人接著從袋子裡拿出酒和檳榔，喃喃唸著族語，與他所信仰的神靈溝通。李武擎他們三人趁機喘口氣。

黎海凡整個人倒在樹幹邊，朝天突出個大肚子，氣喘吁吁地說：「我一定瘦了十公斤了……」

唐聿拿出水瓶喝了一口，設法平緩呼吸。他開始懷疑自己到底在做什麼，為什麼心裡會湧現一種挫敗的感覺？這實在太奇怪了，明明只是爬山而已，他卻擔心他們在這孤立無援的地方遇到任何偷襲。

聽從秦泯一的意見來回奔波究竟值不值得？

他拿出手機，有一種預感成真的煩躁感：手機完全收不到訊號了。黎海凡那個宅男隨後也發現網路沒了，有些可笑地驚叫起來。但黎海凡顯得火上澆油的舉動反倒讓唐聿冷靜。對，我必須冷靜，唐聿想，不然怎麼幫助眼前這個蠢傢伙走完接下來的路？

過了一會兒，他們再度動身。

他們爬上一處陡坡，來到林子裡較為空曠的一片山丘，通過山丘後，路線變得比較蜿蜒，走起來讓人感覺頭暈。唐聿強打起精神，盡量保持在李武擎和黎海凡中間的位置，注意後方的狀況。雖說他對黎海凡有些偏見，但總不可能放任這宅男在山裡出事。

蜿蜒的小路似乎走到了盡頭，唐聿來到前方時，看見小獵人和李武擎都停下來了。

在他們面前的是一道約有一公尺高的土地斷層，斜坡面裸露著大小石頭。小獵人指著石頭上一抹擦蹭的泥巴痕跡說：「最近好像有人來過。」

「這是腳印？」李武擎端詳泥印。

「動物不會留下這種痕跡。」小獵人說著的同時，身手矯健地攀上斷面，接著在上面說道：「我是對的，這裡有完整鞋印。」

李武擎也跟著翻上斷層，果真看見有數個徑直往前的鞋印。大概是踩到了斷層下方的濕泥土才沾上的吧，但鞋印在走過兩公尺開外就消失了。

「這裡應該不常有人來吧。」李武擎似乎看出小獵人的心思般問道。

「就連我的族人之中也很少有人來過這裡。」小獵人說。

「文傑呢？」逮到機會，李武擎問：「安文傑來過嗎？」

「印象中沒有。怎麼突然提到文傑？」

「好奇罷了。」李武擎找理由掩護他的用意。「這一帶不是誰都可以來的吧，我記得文傑是頭目家的孩子，身份應該不同，或許可以自由進出神聖空間？」

小獵人看似不疑有他。「一般都是祭司在特定時間來神聖空間進行祈禱。族裡的貴族們也可以來，只是沒有需要就不會刻意。至於文傑他啊……」略一頓，接著說：「他應該沒來過。」

身後，唐聿和黎海凡跟上了他們。

黎海凡一臉想吐的樣子，恐怕再走幾步路就要命喪當場，不得已，一夥人終於稍稍停頓。

剛坐下，小獵人便朝向東方半空那有些灰色的影子說：「快要到了。現在已經進入外圍警戒區，任何不被允許入內的人都要在這裡回頭，以免觸怒神靈，招來災禍。」

黎海凡一聽臉又更青了，說：「我贊成給神靈們一個安靜的生活環境。」

「閉嘴。」唐聿罵道：「我覺得你這樣才會觸怒祂們。」

「——咦？」小獵人忽然挺直背脊，用手勢讓大家禁聲。「好像有聲音……」

場面一時間安靜下來，都在左右張望。

獵犬發出一陣低吼。

「有人來了。」小獵人猛地站起。

在其餘人也跟著起身之際，從東方林影之中竄出兩個人影。那兩人影也忽然停下來。雖然站得遠，但唐聿知道這距離已足以注意到雙方的存在。

「觀光客嗎？」黎海凡一臉狀況外。

李武擎眼睛一瞇，看到那兩人似乎從腰後掏出什麼東西來……

「快跑！」

李武擎剛喊，一聲槍響便劃破天際。

8

第一發子彈切過樹皮，消音一般落在土裡。

槍響的回音在林間震盪，彷彿煙火，炸醒了棲息的鳥禽。

追逐開始了。

「往這裡！」小獵人率先找了一條路，讓他們迅速轉進布滿大岩石的區域。

他們大步奔跑，各自躲在岩石後面，神色都顯得相當詫異。

黎海凡縮著身體，喃喃唸道：「搞、搞什麼鬼啊！為什麼會有人開槍？那是手槍吧！要殺人的吧！是怎樣啦！」

「噓！」李武擎讓黎海凡閉嘴。他透過岩石縫往外觀察，看見兩名身材魁梧的男人朝這裡跑來，其中一人手裡拿著槍。

他們是誰？是殺害張昆輝的人嗎？李武擎暗忖之時，第二發子彈來了，射到黎海凡藏身的那塊岩石。子彈頭因為岩石過硬而反彈出去，但這種聲音已足以讓黎海凡嚇得跑起來。

「別亂跑！」距離較近的小獵人連忙追過去。獵犬也跟著吼叫幾聲跟著。

黎海凡帶著淚光一邊逃跑，一邊在嘴裡埋怨：「我不要再待在這裡了啦！我打從一開始就不想來！你們兩個瘟神，要生死與共就自個兒去，幹嘛拉我下水……」

「喊！」李武擎瞄了黎海凡快跑得沒影的身影一眼，快速對唐聿道：「梨子有小獵人跟著應該可以很快逃脫。我們往另一邊跑吸引敵人注意力，如果能近距離肉搏我或許有辦法拿下他們。」

唐聿眉頭皺得死緊。這時候第三發子彈又來了，聽開槍的聲音就曉得對方已經很接近了。

「該不會是秦泯一的人吧？」唐聿憤怒地說。

「應該不是。」李武擎一邊回應，一邊觀察敵人，做手勢讓唐聿預備跑。

「你怎麼能確定？」唐聿語氣急了。

李武擎根本沒時間回答，他推了唐聿一把，低喝：「跑！」他們兩人便往與黎海凡相反的方向迅速跑開。

拿槍的男人注意到李武擎和唐聿的動靜，便叫住同伴往那方向追。

李武擎兩人跑進了一片竹林，在略顯狹窄的竹林裡擦撞著竹枝快速前進。身後的敵人緊跟過來了，李武擎朝後面瞥一眼，思考必須找機會猝不及防接近對方才行，倘若沒有意外，他對自己的擒拿術還頗有自信。

穿越竹林後，面前是夾著一小窪泉水的石壁。爬上去會耽擱時間，唐聿左右看一眼，直接往右轉，兩三下竄上一座小山丘後隱蔽到一棵巨樹後方。李武擎隨後亦至，挨到唐聿身後。

「人呢？」唐聿壓低聲音問。

李武擎斜斜瞄著外面。「一點鐘方向，大概十公尺左右。」

那兩男人才剛追出竹林，正站在原地查探，交頭接耳不知說些什麼。

唐聿托了托眼鏡，順道把額頭上的汗水擦掉，正想深呼吸保持鎮定時，他赫然看見一條蛇從樹幹上吊著頭下來，距離他的臉只有十幾公分。

「……！」唐聿倒抽一口氣，整個人下意識往後退。

李武擎注意到旁邊的動靜，剛轉過頭，就看見唐聿一腳踩空，從布滿藤蔓植物的坑洞口摔下去。李武擎心一驚，伸手去抓，卻也被跟著拖下去。

或許是跌下去時剛好撞到頭部，唐聿並沒有馬上起身。幸好坑洞不深，李武擎稍算安穩落地後便將唐聿拉到一邊。躲在類似車站車軌兩旁的安全空間內。他可以聽見有人在反覆檢查手槍彈匣的細碎聲音，由遠而近。

兩道腳步聲從後腦杓上方經過。李武擎抬頭看，希望巨樹能恰好隱蔽了這個空隙。

不久，斷斷續續的交談聲漸漸遠去。

李武擎又足足等了十幾分鐘，才貼著洞口往外看。山間恢復寧靜。

躲過一劫，他心想。

他回到原本的位置，動作過於熟練地先去探了探唐聿的臉頰，之後才察覺自己這動作有點蠢。他搖了搖唐聿。唐聿面露痛苦之色，緩緩張開眼睛，話說得有些艱難：「有點想吐……」

「頭暈嗎？」李武擎問，順手將唐聿扶坐起來。「可能撞到頭了。」

「撞到頭才認識你……」

「看來你意識很清醒。」李武擎回說。

「那兩個該死的傢伙呢？」

「走遠了。」

唐聿拿下眼鏡揉揉眉心，低聲道：「稍候片刻，免得他們折返。」

「嗯。」

「黎海凡他們不會有事吧？」

「小獵人很熟悉路，應該沒事。」李武擎又說：「畢竟是一般民眾，他們應該會先回舊好茶，聰明一點可能會聯絡屏東警方告知這裡的狀況。」

唐聿往後半躺，頭靠在石壁上。「居然會遇到這種事……早知道先申請攜槍許可。」

李武擎沒說話。他們之間安靜了一會兒。

唐聿說道：「那兩人是在知道我們的身份下才選擇攻擊的嗎？襲警？」

「我怎麼知道？至少是有攻擊意識。誰會無緣無故在身上帶槍？」

「可惡，被我知道是誰，我一定加倍還回去！」

李武擎又站起來，攀著洞口往外看。沒發現有人。

「走吧，我們也回舊好茶。」李武擎說：「來的路我大概還記得，趁天黑趕快回去。」

「小心蛇。我剛看到了。」

唐聿跟著站起，但才剛要抬腳踩著石頭往上爬，他忽然察覺自己的左腳踝傳來一波疼痛。

9

周俊賢終究是沒熬到下班，選擇早退了。

江鑫開著車跟在周俊賢身後，趁他剛返家沒注意，硬是擠進門，給周俊賢狠狠一拳。周俊賢眼冒金星，清醒之後發現自己被綁住了，而那個闖入家中襲擊他的歹徒就站在他面前，手裡拿著裝著紅色液體的針筒。

周俊賢開始掙扎。

「你應該知道這是什麼。」江鑫刻意壓低聲音，又戴了口罩掩飾。

「放過我！」隨著針頭逼近，周俊賢縮緊下巴，努力閃躲。

江鑫威嚇似地說：「我分明警告過你們，如果出面謝罪，我就放棄施放病毒。你是刻意把我的話當耳邊風？還是忘記七年前你們做了什麼？」

「不、不是的，沒這回事！我也是被命令絕對不能開口！」

「被誰命令？」

周俊賢猶豫著，咬著下嘴唇。

江鑫不想在逼供上面花太多時間，他們在這幾年也打過幾次照面，時間拖太久被發現就前功盡棄了。

「這是你逼我的！」

江鑫說著就把針頭刺進周俊賢的肩膀。周俊賢痛得哇哇大叫。

「你剩下十分鐘，如果不在時限內注射疫苗，知道下場吧？你就要去和徐源泰、陳義鈞作伴了。」

「我說！我什麼都說！」被死亡威脅，周俊賢已經狗急跳牆了。

「那就開始說我要你們謝罪的內容吧。」

周俊賢哆嗦著，說：「七年前，為了抹消在軍營擴散的病毒傳染，我們買通了所有知情者。可是偶然診治到患病軍人的女醫生程雪宜卻不願意接受賄賂，執意對外告發，我們沒有辦法，就安排一場車禍想害程雪宜看起來像是意外死亡。」

「什麼？」江鑫很驚訝，音調不自主揚高了。

「可是程雪宜沒有被撞死，」周俊賢的語速越來越快，彷彿身後有死神逼近，「她在急救後保住一命，但我們不能讓她活下來——」

「你們買通主治醫生害死程雪宜？」江鑫說。

周俊賢點頭。

江鑫很憤怒，「那個害死程雪宜的醫生是誰？」

「是林振合。」

「果然啊……」江鑫喃喃道。難怪他覺得林振合的反應日益奇怪。他繼續命令周俊賢：「把所有收受賄賂的人員名單說出來！」

10

一回到舊好茶部落，黎海凡立刻衝進石板屋，裹進睡袋裡。果然還是待在陰暗狹窄的空間裡更能感到安心！他如此想著，感覺不久前盡力奔跑的雙腿還在發抖。

搞什麼鬼？剛才是被追殺吧！被手槍男追著跑，不是槍戰遊戲耶！

黎海凡驚魂未定地望了望外面，小獵人似乎在和安文傑商量情況，他們也開始告知其他人不要任意走動。黎海凡心想，曾駭入公家機關網頁又差點被抓的經驗讓他對警察退避三舍——李武擎是個搞笑的例外！去他的！黎海凡心想，自己是不是在無意中成為警察的線人還是私人助理什麼的？不然搞啥他要來這裡？

越想越不對勁，黎海凡索性拿出手機開始上網。這地方沒有電，帶來的隨身電源也沒了，他估計若是今晚沒下山，不管有沒有收訊他都處於完全斷網的狀態，這簡直相當不妙，他感覺自己應該會禁斷症發作而亡吧。

外頭，彼此一言一語討論接下來要如何是好。

「要搜山的話靠我們兩個是不夠的……還得分配範圍、請求更多支援……」

「可是事態緊急。」

「我已經和相關單位取得聯絡……」

聽見那為難的口氣，黎海凡難得減低了上網的興致。他放下手機，想著說不定李武擎和唐聿已經掛掉了。

對嘛，警察殉職什麼的，新聞上不是很常見嗎？

仔細想想，他和李武擎認識才一個月，而且還是因為發生案件的關係，他是嫌疑人兼關係人，照理說應該不會和任何警察發展出任何交情，但李武擎卻說要掩護他的行蹤，這讓他感覺太可疑了。

在這情況下，他偷偷搜尋過李武擎這人的信息。

這世界上不變的定律是利益交換，也就是他深信的give and take，所以他才不信李武擎會無緣無故包庇他。果不其然，先前他就被交代駭入一家地政事務所的資料庫，找一筆年代久遠的土地交易訊息。然後數日前，他又忽然被叫出來說要去屏東參與辦案。

他開始懷疑說不定李武擎遭到排擠之類的，不然那種後勤工作找警局的同事去辦不就好了？因為在網路上幾乎沒有李武擎的個人訊息，連私人臉書也沒有，部落格、電子名片那種就更不用說了。只有一些陳年新聞簡略標示破案刑警的名字，卻也沒多講李武擎是個怎麼樣的人。

也對，社會大眾在意的是案件性質，誰管主辦刑警是圓是扁。

但是……這種工作不會很無趣嗎？

像他們寫程式的，雖然知道普通人不會注意到，但總免不了在編程時搞小動作彰顯自我存在。警察他們不想嗎？在臉書上發文？邀功？讓民眾給他們按讚？

「……」黎海凡心想，說不定所有警察都和李武擎差不多，過著隱藏寂寞的日子。

黎海凡自認還滿擅長看人臉色的，他認為李武擎根本就是個孤僻男，網路上俗稱的面癱，偶爾會因為個性扭曲而欺凌弱小（他）。

所以有時候李武擎叫他查資料時，他反倒有種優越感，能假想自己好像在執行某種驚天動地的任務。雖然李武擎總是不分場合呼叫他，唐聿又是個虐待狂，不過只要知道自己是在做好事，感覺麻煩的心情好像也就稍微釋懷了點……

黎海凡坐了起來。他整個人像吐絲到一半的蠶寶寶，靠在牆上操作筆電。

之前調查盛祥投顧的匯款記錄，因為防火牆的緣故遲遲沒有進展，李武擎擔心打草驚蛇，所以暫時停止調查，但實際上如果能找出其他收款人對搜查會有很多幫助。

必須把資料毀損的後果考慮進去。衝破防火牆的話，一定會驚動對方，要找個隱藏自己的方式……

黎海凡決定這一晚不睡了。

11

江鑫也不幫忙解開繩子，把周俊賢拋下，想說讓那傢伙多被恐懼折磨一會兒，便快馬加鞭回分局找孫志忠。得知孫志忠已經下班回家，江鑫便開車過去。

事情有了猛爆性的發展。

孫志忠的家江鑫去過幾次，空空蕩蕩的，沒什麼人氣。他的老婆在三年前病死了，他膝下無子，也沒有再婚。警察公務本就繁忙，家裡若沒人打點，只不過是個睡覺的地方。

江鑫來到孫志忠家樓下，看見孫志忠的車。引擎蓋還熱著。

他按了門鈴，孫志忠開門時，頗意外看見江鑫的臉。「怎麼來了？」

「我知道七年前發生什麼事了。」

一聽，孫志忠臉上的微笑消失，謹慎地讓江鑫進屋。

「我給你倒杯水。」

「不用了。」江鑫直言拒絕。「七年前，聖帕颱風來的時候，新好茶那裡因為土石流幾乎滅村，政府派了國軍去協助救災。」

聽江鑫已經展開話題，孫志忠也不瞎忙了，坐下來，聽江鑫說話。

「有個軍人叫王孝閔，大概是在救災的時候受傷，無意間感染了特殊病毒，然而當他覺得身體不舒服想請假就醫，他的長官卻不答應。那個長官以為王孝閔是想躲避救災工作，於是不允許他請假。王孝閔只好拖著難過的身體待在部隊裡，這也讓他在不經意間將病毒傳染出去。」

「那個長官就是陳義鈞？」孫志忠說。

「對。」江鑫說，「等到王孝閔終於撐不住而昏厥時，部隊裡也有不少人出現類似症狀。這時派來支援的診治醫生中有一個叫程雪宜，她發現害王孝閔患病的原因是某種致命傳染病毒。她將這件事報告上去，請求更良善的醫療環境與藥品，可惜她就職的醫院並沒有理會她。院長徐源泰說那不是醫院的責任，救災資金應該要由政府負擔。」

孫志忠聽著。

「在拖延期間，王孝閔死亡。程雪宜想救下其他被感染的軍人，就向縣府陳情。希望縣府可以正視這個傳染病。可是她等到的卻是一場車禍。」

「程雪宜被謀殺了……」

「七年之後，兇手帶著病毒現身要替程雪宜報仇，他先接連殺害徐源泰和陳義鈞，用病毒要脅政府出面為程雪宜的死謝罪。」

說到這裡，江鑫略為停頓，他咬牙，彷彿接下來要說的話太過難以啟齒。沉吟片刻，江鑫丟出他記錄收受縣府賄賂的人員名單。

他將一張紙丟在孫志忠面前。

「告訴我！為什麼這份收取賄賂的名單裡面會有你？」江鑫既痛苦又憤怒地問。

孫志忠攤開名單，看到上頭的名字後瞪大了眼睛。

「當時所有因為病毒感染死掉的軍人都找了藉口先火化了。沒有見到兒子最後一面的家屬們，請託你調查，你就是這樣才被縣府的人收買嗎！」江鑫逼問。

孫志忠將名單揉成一團，捏在掌心，沉聲道：「八十萬啊……很大的數目，我沒能拒絕誘惑。」

江鑫不願意聽到這種話，他難受地閉起眼睛，覺得多年的同袍情誼在一瞬間破裂。他腦海中浮現很多和孫志忠漏夜查案的畫面，那些曾有過的熱忱與抱負，難道都是假的嗎？

「碰」地一聲，江鑫一拳砸在桌上。

他憤怒難當。他嘶吼。

「你怎麼可以這樣？你對得起你身上的警察制服嗎？我拼死拼活工作，搞成這個樣子，不是為了這種假惺惺的正義才犧牲到這種地步的！」

江鑫渾身氣到發顫，指甲都泛白了。

孫志忠無話可說。

江鑫眼眶發紅，痛苦地離開。

12

在天色暗下後還硬撐了半小時，唐聿不得不承認他們迷路了。周遭完全是灰暗一片，先前都在用手機的燈光勉強撐著行走，沒多久也將要耗盡電力。李武擎隨身攜帶的筆燈效果不大，光線幾乎被淹沒在黑霧裡，但唐聿知道自己無法對這般窘境做出任何怨言，畢竟是他扭傷腳踝才導致他們移動速度過慢。

恐怕是在摔到坑洞裡的時候受的傷，唐聿心道。盡量靠右腳支撐身體，還不算是很嚴重，所以勉強能維持步伐，他拒絕李武擎幫忙攙扶，認為如果拿槍的那兩人臨時出現，沒有多餘累贅，李武擎會能更快採取應對手段。

「不能再走了。」李武擎頓下腳步說：「天黑之後太危險，況且也沒問小獵人這附近有沒有野生動物出沒。我們必須找個地方過夜。」

唐聿也停下來，稍微靠在附近的樹幹上，環顧四周，感覺這一路的風景幾乎大同小異，不是樹就是花花草草，沒有熟悉山路的人就算了，連羅盤也沒有，這一點真的很糟糕。不過他至少可以確定他們還在神聖空間的範圍裡，因為手機仍然沒收訊。

「你等等，我去那裡看看。」李武擎說，便朝著某個方向小跑步過去。

唐聿盯著李武擎，看見那人的影子隱沒在灰色的霧裡。他不禁仰天一嘆，內心難得什麼情緒也沒有，很平靜，不曉得是不是認為敵人也會怕迷路而暫時停止攻擊的緣故。

他望著黑色的天空，首次感覺夜空真的是黑的，平常在台北看到的夜晚總是很亮，甚至七彩繽紛。但這裡的夜空和潑了墨似的，然而望著看越久，反倒能看出那些明亮的星子。

對了，是不是要看北斗七星的朝向？唐聿忽然想到，好像在某堂地理課有講述看星辰分析方位的辦法。不過說起來，北斗七星是一年四季都出現嗎？要朝哪邊看？……

「唐聿！」李武擎從後頭跑來，開心說道：「我本來想說找個山壁好隱蔽行蹤，結果讓我發現一座山洞。」

唐聿看了李武擎所說的山洞，其實就是山壁下方的凹洞，空間很淺，大概像個半徑一公尺左右的半圓形。但右側鄰近一面高崖，所以不怕有人會從那方向接近，只要注意另邊的來敵就行了。附近都有樹木與草叢，沒有仔細搜索的話被發現的機率不高。

「請進。」

「說得好像你家一樣……」唐聿咕噥一聲，彎著腰坐進去。他背後靠著，雙腳勉強能打平，但受傷的左腳還是屈起來比較舒適一些。

李武擎也席地而坐，從斜背袋掏出水瓶。「原本以為可以一天來回，沒帶食物。」

「我知道。」唐聿隨身包裡也沒帶食物，只有一些簡易藥品。他捏著腳踝。腫大的患部有些發熱，但他認為還不到不能行走的地步。消炎藥看來沒什麼效果，但唐聿還是再抹了一次。

李武擎坐得靠近洞口，似乎在望風一樣。

「如果照明工具不夠，來舊好茶的人手也不會立刻過來。」李武擎說：「我猜我們有可能得等到明天早上吧。」

唐聿拿出手機看了看時間，晚上八點多了。這個地方還是沒有收訊。

或許是適應了黑暗，他的視線反而感覺周遭亮了一層。山洞外的樹影婆娑，好像還有些微月光灑在上頭。

地面吹進了幾片落葉。

唐聿發了一會兒呆，心不在焉地說：「糟糕，還沒檢查你的報告。」

「這時候還在想工作，真不愧是優良員工。」

「我們現在會變成這樣本來就是因為工作好嗎？」唐聿一口氣說完，接著忍不住嘆息。「大老遠跑到這裡來，結果什麼都沒搞懂……」

「搞懂了一部份。」

「什麼一部份？」唐聿望向李武擎。

「徐源泰和陳義鈞的相交點就是七年前那筆由盛祥投顧匯入的款項。我認為這筆錢可以當作封口費，是為了讓某件事不被他們曝光。兇手施打病毒，以這兩人的死警告第三人出面謝罪。」

「這個第三人可能就在縣府裡面？」

「大概是，否則兇手也不會指名要縣政府出面。另外我也想過，七年前那件被隱瞞的祕密，一定和這次的病毒有關係。你覺得會不會是以前曾經也發生過病毒感染致死的事，卻被政府當局掩蓋過去？」

「要是如你所說，只要相關人士緘口不談，兇手就沒機會得到他要的證據。」

「不對，」李武擎說，「兇手本來就是沒有足以讓第三人定罪的證據，才會選擇這種極端的手段引起關注。現在，他發現自己的條件無法被滿足，罪魁禍首仍龜縮在縣政府裡，你說，他接下來會怎麼辦？」

唐聿聳聳肩，覺得疲憊感強烈襲來。今天實在太累了，他已經無法思考。

第四章

1

關於童年記憶，我唯一記得的段落，就是不停的逃跑。

我與爸爸、母親、大哥一家四口不曾在同一個地方居住過三年以上。我們棲居山林，建造簡便的木屋又在離開的時候摧毀它。我曾問爸爸我們不斷遷居的理由，爸爸只是說我們在躲避某些心懷不軌的人——我們身上有那些人想要的、充滿價值的東西。

大自然是最完善的掩體，只要掌握技巧，有上百種方法可以存活。爸爸總會教大哥狩獵，說我們的祖先曾是部落裡最年輕勇猛的獵人，縱然我們只在部落周圍悄悄走上數次，從未見識過部落真正的樣子，但榮耀依存，會庇護我們這些後代子孫。

我們的祖先雖然充滿榮耀，卻不被允許回去部落，這一點讓我想不通。等到大哥九歲，自己獨立獵殺一頭野豬後，爸爸才把過去的歷史告訴我們。我終於知道我們是獵人沙布拉的後裔，沙布拉是當年村子裡最年輕的獵人，卻蒙上了逃脫祭品的冤名，被逐出部落。

凡是被選定為祭品的人，都必須接受神的旨意，為這個家園付出性命。我們深信擔任祭品後，靈魂會與祖靈一起安居在聖地，成為守護古茶布安的力量。實際上，沙布拉並非想甩脫他身為祭品的命運，而是在歷經神石瘟疫後，察覺自己倖存的事實才是神的指示：族人周知，唯一可以不受神石瘟疫影響而存活的人只有被神指派的祭司候選人。而沙布拉的倖存很顯然動搖了這項事實的根本。

祭司是部落裡至高無上的職位，因祭司傳達神的旨意，賜予族人希望。族人從未設想祭司的選定有任何疑惑，但沙布拉想通了，他發現自己對瘟疫的免疫，證實自己才是真正被神選定之人，也許他會是真正的祭司。

然而就在沙布拉要告訴大家他的想法前夕，沙布拉和妹妹就被人逼迫離開部落。他們兄妹倆摔落懸崖，僥倖未死，更加深沙布拉自我認同的理念。此後，沙布拉這麼交代自己的兒女：「總有一天要回去部落，奪回屬於他們的一切。」而這個遺願，這天，透過爸爸的述說，來到了我和大哥的心中。

為了擁有能回到部落的實力，大哥比之前更加認真磨練打獵技巧。他有完美的野外求生本能，甚至能搶先在颱風來臨之前做好準備，正當大哥以為自己足夠強壯的十七歲夏天，事情發生了變故。

那天，他正準備切割一塊豬後腿肉，卻不慎被利刃划傷拇指。

這一刀傷得很深，母親看到了趕忙替他止血。爸爸正巧經過，駐足觀望，忽然大喝一聲：

「別！」

母親被這一喊愣住了動作，沾血的舌尖縮回嘴裡。

我看見母親正下意識舔了舔沾到血跡的手指。

翌日母親便死了，死狀非常悽慘。她全身冒紅疹流膿，倒在後院，周遭飛著蒼蠅。爸爸似乎早預料到這個結果一般，說母親得到一種怪病才會猝死，異常冷靜地埋葬了母親，然後就像從前每次準備搬家的步驟一樣，敲壞這間木屋的每一根房樑。

這次我們不再合作建造木屋。

爸爸找到一間廢棄的倉庫，可能原本是地主的糧倉，無法確定，這附近已經沒有人煙了。我只知道爸爸會把大哥關在倉庫裡，再也不帶他到林子裡打獵，也不允許他獨自行動。

我也曾問爸爸為什麼要對大哥下禁足令，但爸爸總說這附近有野獸出沒，是為了他的安全。大哥已習慣了服從，儘管不滿，仍無法正面反抗爸爸。他打從身體深處愛著我們的父母，而我們摯愛的母親已經不在，剩下了唯一的爸爸。

我總是隔著門，和大哥說話。

前幾次大哥乖乖待在倉庫裡，等待爸爸拿回糧食與水。但後來悶得慌了，他忍不住破壞門鎖偷溜出去。

偷溜出門的結果，是爸爸將他塞進牆角那個囤放醃菜的小地下室。那個地下室只能屈身坐著或者弓起身體躺下，是非常不舒服的狹窄空間。陰暗、潮濕，而且有蟲蟻爬行。

儘管如此，大哥嚮往自由的天性依然無法百分之百受到掌控。

我覺得我們都熱愛自由。

大哥仍然會偷溜出去，然後承擔爸爸的責罰。對他來說，接受責罰後享受到的短暫自由反而是一種獎勵。這種日子持續了半年，有一天，他帶著被獼猴襲擊的傷口回來。

獼猴的利爪在他的手臂上抓下長達三十公分的傷痕，傷口一路滲血，滴在草地上。

爸爸見狀先是猛一後退，以一種分不清是憤怒還是恐懼的口氣說：「你不能受傷！孩子，你不知道，你被詛咒了！你不能流血！」

我忽然想起母親死去的那天，爸爸好像也是同樣的表情，但那天他沒說我們的血液裡帶著沙布拉一脈最沉重也是最可怕的詛咒。

難怪，母親死了。

我終於明白，母親舔舐了大哥的血液，因此失去性命。

愣愣之際，爸爸再度拉開小地下室的門，將大哥推下去。大哥彷彿失去力氣般屈身躺著，任手臂上的鮮血滑落滲進土壤。傷口要過好幾天才會結痂吧，我想。而我們的爸爸剛才終於親手在他兩個孩子的心臟割下不可磨滅的傷口。

兩天後，爸爸似乎氣消了。爸爸準備了一桌菜，叫我去帶大哥過來。大哥拖著有些虛弱的身體吃著飯，和我們無話可說。

就在我覺得氣氛不該繼續僵持下去，忽然，有一群不速之客闖了進來。

那些人二話不說毆打我的爸爸和大哥。儘管他們拚命抗拒，還是敵不過攜帶武器的陌生人。

我被綁住雙手，看著爸爸為了救我而被活活打死。哥哥也在頭部被打了一棍後倒了下去，生死未卜。

接下來的事，正如我惡夢中的場景，每次都不停重播。

我望著爸爸被掩埋，哥哥下落不明，就這樣被不知名的男人抓走，囚禁在病房裡。

那個囚禁我的男人曾提到，哥哥被獼猴抓傷的血液其實擾亂了森林的生態圈，他原本就在找尋我們的下落，而這個異狀叫他警覺。

這到底是誰的錯呢？我總想，這種悲哀的連鎖，要從哪裡打破？

被囚禁的日子吃好喝好，但內心的煎熬從未停止，這份痛苦，直到我被救走的時候結束。

我早就決定了，這一次，我要讓所有悲傷都結束。

2

額頭敲在筆電上時，黎海凡才發覺自己居然睡著了。迷糊地愣了愣，瞥見外頭走動的人們，他才慌慌張張站起。維持好幾小時的坐姿讓他的雙腿發麻，他摔在地上，模樣狼狽不堪。

小獵人發現了動靜，過來一看。「摔倒了？有沒有事？我們現在正要去搜索……」

「──等一下！」黎海凡顧不得形象了，趕緊一跛一跛靠過去。「麻煩把這張紙條交給李警官他們！」又著急補充說：「這很重要！拜託了！」

小獵人收下了紙條。後頭的獵犬正在聞嗅李武擎和唐聿留下的衣物。

這時候天剛破曉。

唐聿從淺淺的睡眠裡醒來，聽見了成群的鳥鳴。往山洞外一瞥，李武擎躺在草地上，前臂虛掩著臉，身上灑了一層陽光。

這傢伙睡得倒挺愜意……唐聿摸摸酸痛的脖子，拿出手機看了時間。早上六點。手機電池格剛好顯示剩下百分之一的電量，隨時都會關機。

「李武擎，閃開。」唐聿推了一把這擋住洞口的龐然大物。

李武擎坐起身，眼神還有些散漫，打了個大呵欠。

唐聿站起來，盡量伸展自己的身體。扭傷的左腳踝此刻像打了麻醉似的，有一種似是而非的觸覺，類似牙醫麻醉了半邊的臉頰。他跺了跺腳，只要把重心放在身體右側應該沒問題。

「清醒一點，喂，差不多該走……」唐聿話說到一半，看見李武擎朝著旁邊直直走了過去。那樣子不像找到路，好像是在追逐天空的氣球會飛到哪裡去一般。「你在幹嘛？」

李武擎沒有回應，但腳步有些加快，目光隨著距離逐漸低垂，似乎在前方有他要找的東西。十餘步後，他走到一座矮崖下，面前是一片杜鵑花叢。

唐聿疑惑地跟過去，剛到李武擎身旁，就見他指著眼前的岩石面說：「你看這裡，這個形狀。」順著指向望去，唐聿看到角度垂直的岩石面上有一抹類似新月的痕跡。儘管知道有可能是光影作祟的緣故，但這個圓弧就是會令人直覺聯想到月亮。

「我看到了。」唐聿問：「那又怎樣？」

李武擎解釋說：「這個地方，我在何函真的相機裡看到過。」

唐聿先是一愣。

「我很確定何函真拍了這個景色。」李武擎的目光在附近來回梭巡。「可是小獵人明明說過這一帶少有人知，就連觀光客也不走這裡的。」

李武擎一邊說，一邊穿進了與膝蓋齊高的杜鵑花叢，或許是想就近探看岩石上的新月痕跡吧，但才踏一步，矮下身來，撥動底下灌木的手忽然像是觸到了針般快速抽出。

緊接著，唐聿看見一條綠色的蛇飛快從花叢下爬出。

「——你這該死的！」

反應時間只有兩秒鐘。唐聿低叱一聲，隨即從包裡掏出毒蛇血清往李武擎的手臂扎下去。針筒內的血清立刻注射到李武擎體內。

李武擎整個人呆住了，一反應過來，覺得針扎的部位真痛。

「你發瘋了嗎！」李武擎大喊：「快拔出來！」

唐聿把針筒收回，看見裡頭的血清液體已經空了。大概是意識到自己打針技術不佳，他尷尬地說：「忍耐一下吧！既然你被蛇咬了……」

「我才沒有被咬！」

「欸？」唐聿視線往下看著李武擎的手，「你剛剛——」

「我只是被樹枝扎到而已！」

「……」

數秒靜默。

唐聿把手裡的空針筒放回包裡，裝模作樣地托了托眼鏡。「該找回舊好茶的路了……」他說，鎮定地轉身，沒想到這踏出的一步居然剛好踩在蛇身上。

腳下的異樣感頓時讓唐聿心底一驚，抽腳，不料那蛇似被激怒了，以極快的速度像條橡皮筋般在唐聿的小腿上咬了一口。

唐聿完全僵住了，直到李武擎用外套蓋住那條蛇，並用力踩死了牠，唐聿的知覺才徹底正視自己被咬的事實。

李武擎看了看死去的蛇。淡綠色的蛇身，蛇腹帶有一道白線，因為剛才心急把蛇頭踩扁了，一時間分不出到底是不是三角狀。他希望這不是青竹絲而是一條普通的青蛇。他忙問：「血清呢？」

唐聿搖頭。「沒有……沒有血清了。」

李武擎憤怒地呼了一口氣，然後將唐聿拉離花叢，讓人坐下。

他開始檢查唐聿小腿上的毒蛇咬痕，或許是還有運動褲的關係，咬痕並不明顯，但他還是看見了成對的咬痕。無毒蛇的咬痕是成排的細密牙痕，有毒蛇則是成對的較大傷口。李武擎皺起眉頭，拿起手邊僅有的飲用水稍微沖洗了傷口。

「我……」

「不要緊張，放緩呼吸。」

他對臉色陰沉的唐聿說，同時拿鑰匙串裡頭掛的一把小刀片割開運動服下擺，當作簡便的彈性綳帶，在那咬痕的上下兩指距離的範圍內稍微加壓包裹。

「不是要在傷口上面包紮還是什麼的？」唐聿問。

李武擎一邊測試包紮鬆緊度一邊說：「那觀念過時了。血液循環不良容易讓組織壞死，還是說你認為將來坐輪椅督勤也沒差？」

唐聿瞪了他一眼，不爽地說：「多謝你的安慰喔。」

看處理得差不多了，李武擎問道：「怎樣？有沒有暈眩感？還是哪裡不舒服？」

「……沒。」唐聿感覺一下自己的身體狀態，除了心情有些難以平復外其他都還好。

「你不能再走了，要避免運動。待在這裡，我現在回舊好茶聯絡人來幫忙，必須盡量趕在四小時內送你去醫院。」

李武擎又割了一塊衣物將死去的毒蛇包起來，以防稍後送醫時可以讓醫護人員瞭解治療方式。

他站起來，發覺唐聿一直低著頭，盯著自己受傷的地方。

「如果覺得傷口發腫，就稍微把布條鬆開重新綁一次。我們有上過急救課，你這個資優生應該沒忘吧？」

「嗯。」唐聿淡淡應了一聲。

李武擎把鑰匙圈上掛的小刀片交給唐聿以備不時之需。

「安心吧！唐督察，你不會有事。」說完，李武擎也跑遠了。

3

從杜鵑花叢附近那道新月般的痕跡開始，李武擎在找路的過程中，又發現幾處與何函真拍攝相片內容一模一樣的場景。那些場景沿著某條路徑一路延伸，這讓李武擎更加確信何函真的行程了，他還記得照片上顯示的日期是大前天。剛好是他和唐聿在禮納里暫住一宿的日子，照這麼看來，大前天，何函真和當天在舊好茶觀光的登山團是分開行動的，然後翌日，他們上山時，原本該跟隨登山團一起下山的何函真，利用拍攝新照片的理由再度返回。

何函真為何到神聖空間這裡來？她是自己一人，還是有跟誰結伴？

李武擎原本想一直追著相片的線索跑，可是此刻的狀況並不允許，唐聿還在等著急救，於是當他發現小獵人做的記號，就直接轉了彎，依照記憶中的路徑，希望能快點返回舊好茶。

小獵人拉著狗繩，觀察獵犬搜尋兩位警官的狀態，呼喊李武擎和唐聿的名字，檢查昨日自己標示的記號旁邊有無李武擎他們留下的訊息。

過了一小時後，黑色獵犬忽然停止嗅聞的動作，僵直了身體，耳朵微微顫動，似乎空氣裡存在著什麼。小獵人當下心想距離他們不遠了。果不其然，那獵犬猛地往前奔去，並發出數聲俐落的狗吠。接著不到一百公尺，他和剛走出樹林的李武擎遇上。

「太好了！」李武擎一看見小獵人便脫口而出。

小獵人問道：「只有你一個？」

「唐聿受傷了。不好意思請你幫幫我。」

小獵人跟著李武擎來到唐聿的位置。這時唐聿坐在樹下閉目假寐，當李武擎拍他的肩膀，他才睜開眼。

「很不舒服嗎？」李武擎問。

「還好，覺得很累。」

看到小獵人前來，唐聿精神一振，忍不住慌忙站起，卻因為受傷而顯得有些艱難，不得已只好由著李武擎攙扶。

「真抱歉給您添麻煩。」唐聿對小獵人說。

小獵人呵呵一笑。「受傷的人說什麼呢？」打量了唐聿的狀況後，他問：「能走嗎？我找其他人一起過來幫忙？」

「免了。」李武擎插話道：「這傢伙很愛面子，要是看到太多人發現他這模樣，可能決定寧可用爬的也不給我揹。」

唐聿的頭僵硬地轉向李武擎，瞠目結舌問：「你剛剛說什麼？」

「不然這裡一沒枴杖、二沒擔架，你要怎麼行動？」

唐聿晴天霹靂，一副欲言又止的樣子。

小獵人在旁邊說：「回部落去就沒問題了。我昨天有聯絡警察，你們那位江警官說今天一早會派人過來。」

「好了，快點，」李武擎轉過身去，蹲下，催促唐聿乖乖就範。「這方法是最快的了，不要浪費時間。」

看到李武擎的樣子，唐聿想直接一腳踹下去。

終歸是喪失了行動能力，唐聿不得已將成年男性的尊嚴放一邊，讓李武擎揹著。希望這一路不要遇到其他人。這太搞笑了！可不是說一句感覺很丟臉就可以詮釋得過去。

「喂喂喂，你是要把我掐死嗎？」李武擎抱怨。

唐聿扯著嘴角乾笑。「唉呀，不小心就……」

「……」李武擎悶不作聲。

小獵人在前領路，於是他們返回舊好茶的腳程快速又確實。走了一會兒，小獵人忽道：「對了，我差點忘記，你們的同伴讓我轉交這張字條。」他拿出黎海凡讓他轉交的紙條。

由於李武擎雙手沒空，只好由唐聿接下。唐聿打開對折的紙，裡面是盛祥投顧帳戶的轉帳資料。

七年前，除了陳義鈞和徐源泰之外，接受盛祥投顧八十萬匯款的還有另外兩人。

4

快接近部落時，唐聿就要求要自己下來走。威廉一看到唐聿的倦容就撲上來問怎麼了，唐聿沒心力應酬，頂多說了句沒事。

當初上山時，徐心汝有準備醫藥箱，聽唐聿出事，就拎著醫藥箱過來。

唐聿悶悶地喝了水，看著徐心汝處理他的傷口。

在皮膚上顯現的毒蛇咬痕已經紅腫起來，皮下也有些微瘀血現象，徐心汝以前念的是護專，有些基本醫學知識。她按壓了咬痕附近的肌肉，問唐聿說：「感覺痛嗎？」

唐聿答道：「痛是還好，感覺像是發麻。」

「哇嗚！」黎海凡看到唐聿負傷忍不住喊疼。

徐心汝開了一瓶食鹽水開始沖洗傷口，洗淨後接著消毒，再用乾淨的彈性繃帶重新包紮。完畢後，她傾身向前，拿出筆燈對唐聿說：「我看一下喔。」

徐心汝檢查唐聿的瞳孔反射狀態。結束後，她問：「知道是什麼蛇嗎？」

李武擎把包裹住的蛇屍在徐心汝眼前打開。徐心汝瞥了裡頭一眼，不敢靠太近，「是青竹絲。」

「嚴重嗎？」李武擎問。

「看樣子還是幼蛇，毒性不大，但還是趕快就醫診治比較好。」

小獵人這時候過來，拿了幾株藥草給唐聿，說：「咬一咬，吸它的汁液。」

「這是？」

「化解蛇毒。我們山上可沒有血清吶。」

唐聿依言照辦，但才咀嚼幾下，汁液苦澀的味道就在味蕾上擴散。唐聿重重扭起眉頭，李武擎看了不禁笑道：「白痴，你真蠢。」

「你才蠢！」唐聿苦著臉說。

李武擎笑容消失，斟酌了一下，說：「你先下山好了。」

唐聿吐出藥草的渣渣。「不要。找病源的工作還沒完成。」像是不給李武擎開口的機會，唐聿直接問徐心汝，「妳們的進度如何？」

徐心汝回說：「墓地那邊沒有採集到病毒，但我們發現，墳墓有被人挖掘過的痕跡。痕跡滿新的，可能就這幾天。我猜會不會是兇手之前來這裡找病毒的緣故？」

「如果是這幾天，有可能是張昆輝做的。」李武擎把他們發現蔡承志出賣病毒資料給張昆輝的消息說了一遍。

「啊！原來是這樣啊！」小獵人驚嘆一聲。「我前兩天無緣無故被區公所叫去修改註冊資料，否則我都住在這裡的，要是有人挖墳，我一定發現。難道區公所的人也被收買了？」

「可能性很大。」唐聿說。

「另外還有一件事，」徐心汝有些不好意思地說，「我和組長在墓地的時候，被林小姐看到了。林小姐也知道我們來舊好茶的目的……對不起！」

「沒關係，早晚也是會曝光的，畢竟大家都在同一個地方活動。」唐聿回答。
「不過林小姐在知道我們的工作後，提到一件事，我覺得值得一試。」
「說說看？」
「她說，在古茶布安曾有瘟疫爆發，大概是兩百年前的事了。感染到瘟疫的人會五官出血、皮膚流膿而死，這場瘟疫直到一位神靈鎮壓後才結束，從那之後，部落每隔三年都會獻上祭品，祈禱瘟疫不要捲土重來。」
小獵人應道：「這位小姐提的是應該是神石大人的傳說吧。」
「神石？」
「部落北方有一塊神石，就是當初神靈封印瘟疫的地方。我們為了表達對神石的敬畏之心，每三年會獻上祭品祭拜。」小獵人說，「可是我們部落的祭司已經失蹤很久了，部落裡也沒有人可以勝任祭司。那些專屬祭司的活動就完全停擺了。」
「我認為有必要去神石那裡一窺究竟。」陳佩君現身說，看來她剛剛已經完成手邊的記錄了。
「古老的廟宇、山林、器皿，都有可能潛伏著未知病毒，或許我們要找的就在裡面。」
「我可以帶你們去，那不成問題。」小獵人應道。
「——對了，何函真在哪？」李武擎忽然問。
「何函真？那個攝影師？」黎海凡說，「我之前看到她拿著行李，好像說要下山。」
李武擎二話不說，掏出手機想聯絡守在山下出入口的警力千萬別放何函真離開。何函真目前是殺害張昆輝的嫌疑犯。

然而李武擎發現他們的手機都收不到訊號了。不詳的預感油然而生。

這時候黃軒財快步衝來，逮著李武擎便追問：「聽說有人被殺了？是真的還假的？有個恐怖份子在散播病毒？」

那焦急不善的語調也引起了屋內人們的注意。

李武擎瞥見林千霞站在斜對角抽著薄荷菸，看好戲似地關注著這裡的情況，想來是她洩漏的消息，但他們原本就不打算隱瞞張昆輝的死訊，畢竟江鑫已經有派警力上山了。

「概括來說，謀殺和病毒都是真的。」

李武擎正想進一步解釋情況要黃軒財不要過於驚慌，黃軒財忽然臉色大變，激動地罵起來。

「開什麼玩笑！我來這裡是想賺錢，如果連命都搭進去，不就本末倒置了嗎！」

面對黃軒財這種態度，李武擎也不太高興了。他故意說：「我不覺得你收購小獵人那些祖先使用過的生活刀具會賺到什麼錢。」

「所以說不識貨的人就是好笑啊！」黃軒財得意洋洋說：「單單原住民使用的手制器具當然不值錢，那種東西頂多也就自娛娛人罷了。可是史前文物就不一樣了！我一眼就看出來啦！」他比手畫腳，「在那個展覽會場，我一眼看出那些是史前文物，屏東地方政府本身就欠缺經費，龐大的史前文化遺址從沒被挖掘過，你知道裡面藏有多少商機嗎？小獵人手上的東西，一定是他們祖先在從前遷徙過程中得到的，你們看不出他們的價值，留在這裡風化腐朽沒有任何意義！」

「原來是這樣。」

小獵人的聲音讓黃軒財嚇了一跳。他連忙轉過身去，不只小獵人，不少人也從屋子裡站出來。

「……其、其實我剛剛是說謊的啦！您千萬別相信！」黃軒財辯解。

小獵人嚴肅說道：「無論如何，我是不會將祖先的東西賣出去的。我們族人世世代代都居住在舊好茶，就算只剩我一人，到死我也會每天在部落裡燃起炊煙。部落的每片石板、每株花草，我都不會捨棄。這種珍視靈魂與生命榮耀的感覺，你是不會理解的吧。」

黃軒財被說的啞口無言，滿臉漲紅。

「算了！算了！當我沒說過！」黃軒財惱羞成怒，「你們就窩在這裡，過這種無趣的生活吧！」

黃軒財跑回去收拾了自己的行李，過不久便下山去了。

「你不用在意那種人的話。」看到小獵人沉默的側臉，李武擎就是想這麼對小獵人說。

李武擎也渴望一份歸屬，認為自己的靈魂想要在某個地方扎根，但直到現在他都還沒找到那樣的地方。他很羨慕小獵人，堅守自我，以生命的純粹為榮。

「別擔心我，我活了大半輩子，雖然在這山上，卻也不是沒和外人接觸過。人與人之間的相處著重在誠實，如果是不誠實的人，結交再多也是沒意思的。」小獵人說：「警官啊，我有事想拜託你。」

「拜託我？」

「我想讓部落恢復寧靜。我不知道那些利用病毒的人想幹什麼，但我希望一切紛爭都平息下來。為了這一點，我會拋棄魯凱獵人的自尊，求助於你。」

「千萬別這麼說！」李武擎受寵若驚。「這是我的責任。」

小獵人拍拍李武擎的臂膀。「走吧，我帶你們去神石那邊。」

5

唐聿將扭傷的腳踝用繃帶固定，勉強可以行走。雖然不太舒服，可他不能放李武擎自己一人。

安文傑在清晨已下山離開，現場的人除了林千霞不願跟隨，威廉和康力堯兩人都自告奮勇幫陳佩君她們搬運檢測病毒的設備。黎海凡抱著筆電跟著，在尋找有網路信號的地方，說也奇怪，稍早所有手機都收不到訊號了。

他們一行人抵達神石的時候已經鄰近黃昏，橘黃色的陽光灑滿樹梢，底下卻已瀰漫了灰暗的色彩。在這被樹林環繞的空地上滿地都是大小不一的碎石，小獵人對這一幕感到不可思議。

「到底怎麼回事？」小獵人到了原本佇立神石的位置，只看見地面上一個黑漆漆的孔洞。原本莊嚴巨大的神石樣貌蕩然無存。

「被破壞了？」唐聿張望左右。

李武擎觀察孔洞附近體積較為巨大的碎石，「斷面很新，青苔都還沒生出來，我猜也就這陣子的事。」

「不管是誰做的，都是對我們部落的挑釁！」小獵人怒道。

李武擎走過去，蹲在孔洞旁，低頭觀察洞內的情景，但能見度實在太低。他拿了手電筒一照，在圓形光芒中，照出底下數具堆疊的屍體。

「唐聿，快看！」

「……」唐聿倒抽一口氣。儘管視野不夠明亮，也夠他看清爬滿蛆蟲的腐爛屍體了。

李武擎挪動手電筒，稍微壓低身體，看見屍體附近丟棄著幾個工具箱和工地安全帽。安全帽印著頗有印象的建設公司標誌。

「這些死者可能就是亞茂建設失蹤的人。」

「亞茂建設……」唐聿突然想到上山那天在原住民文化園區外遇到的抗議群眾，「他們就是失蹤者？可是為什麼？」

「照現況判斷，八成是被找來鑿開神石，事成之後遭到滅口。」說完後他站起來，環顧四周，「有沒有繩子之類的東西？我要下去看看。」

「等等，」唐聿拉住李武擎，「你瘋了？」

「我沒有聞到屍臭，下面的空間一定比我們想像中還大。」

「我明白你想一探究竟的念頭，可如果那些人是因為感染病毒而死的呢？拜託你不要亂來！」

「從神廟入口進去吧。」小獵人提議。「神石底下是神廟的入口之一，我們從其他入口進入神廟。但是神廟是我的部落神聖的地方，是不允許外人侵入的。你們有心理準備嗎？」

「像是金字塔法老王那樣的詛咒嗎？」黎海凡又準備打退堂鼓了。

「不用擔心啦，我們是為了和平。」徐心汝微笑，「魯凱族的神靈們一定會諒解的。」

6

就算身旁最親密的戰友背叛了理念，江鑫也不想停止腳步。他不能停。一旦停止，他害怕自己身上唯一的堅持就沒有了。

固守正義不是那麼簡單的事，只要決心動搖，貪欲就無法遏止。

雖然通過不合偵查程序的方法調查出七年前被埋葬的真相，但這次殺害徐源泰、陳義鈞的兇手尚未推測出身份。兇手以病毒威脅政府公開七年前程雪宜無辜死亡一事，順著脈絡來看，兇手和程雪宜之間應該有較為親密的關係。

戀人？家人？知己？

江鑫開始查閱程雪宜的個人資料。因為他不是很擅長網路搜尋，結果還跑去找資訊組的幫忙解開程雪宜的部落格密碼。

程雪宜是單親家庭，她的母親在程雪宜死後兩年鬱鬱寡歡而終。她沒有結婚，部落格刊登的照片大多是簡單的生活日常，看不出有誰與她特別交好。部落格網誌數量有上千篇，江鑫耐心地一一看完，赫然在她十八歲那年生日的相簿裡面，看到了孫志忠的身影。

照片上的孫志忠還很年輕，穿著休閒服，看來像是在餐廳慶祝程雪宜的生日。

江鑫完全沒預料到孫志忠會和程雪宜有交集，當他看見程雪宜在網誌裡喊孫志忠「爸」的時候，忽然，一切都豁然開朗了。

江鑫立刻衝出警局，駕駛鳴笛警車快速趕路。

他腦海想通之前去和孫志忠對質時，孫志忠看到賄賂名單的驚訝，並非是因為他發現名單有自己的名字，而是看見名單上第四個自己不曾懷疑過的對象。

程雪宜車禍時的主治醫生。

7

孫志忠進入解剖室時，林振合正躺在解剖台上，盯著解剖室單調的天花板。

林振合痛苦地喘息著，虛弱的目光緩慢挪向無聲壓來的黑影。他看到孫志忠，也看到孫志忠手裡的水果刀。儘管疑惑孫志忠帶著刀具前來的目的，林振合仍好意提醒：「不要太靠近我。」

孫志忠似乎注意到林振合的異狀，問：「你感染病毒了？」

「解剖的時候……不小心……」

聽罷，孫志忠登時哈哈大笑起來，「哈哈！天意啊！這是天意啊！」

林振合似乎連轉過臉的力氣都沒有，他的眼珠挪移，看著孫志忠。

「你……」

孫志忠擦掉眼角那分不清到底是難過還是喜極而泣的淚水。

「你還記得程雪宜嗎？」

林振合撐大了眼皮。

孫志忠接著說：「我一直以為雪宜的死因是顱內出血，你是雪宜的主治醫生，我以為你盡力了。」

林振合顫抖著嘴唇說：「你是程雪宜的誰？」

「那時候年輕不懂事，也沒什麼理想，她媽生下雪宜後，留下離婚申請書就帶孩子走了。我以為我這輩子再也見不到我的女兒。」孫志忠盯著林振合的雙眼，「你曉得雪宜來和我相認的時候，我有多開心嗎？」

林振合欲言又止，彷彿喉嚨異常乾渴。

孫志忠訕笑道：「你一定不知道吧！還有，你一定也不知道我聽見雪宜死了，那是怎麼樣的心情。」

他手裡拿著的水果刀，示威似地一刀一刀慢慢刺在解剖台上。刀刃每撞擊一次不鏽鋼解剖台，就在這房內響起一聲低沉的回音。

「徐源泰和陳義鈞……都是你殺的？」

「對。」

「是嗎……看樣子是輪到我了啊……」

林振合把視線回正，再度看著天花板。他緩緩舉起手，指著上方。

「每天早上一起床，我總是會看見程雪宜的臉。痛苦的臉。我拔掉她的呼吸器，她掙扎幾秒便死去的臉。當醫生的時候，在我面前死去的人很多，重症患者、急病患者、意外重傷患者，我對他們的生命感到惋惜，卻從沒有自責過，但只有程雪宜，我對她充滿歉疚，因為她是我唯一沒有盡力去搶救的人。」

「既然如此！那當初是為什麼！」孫志忠咬牙問。

林振合自嘲一笑，「為什麼呢？現在我已經想不起來了。也許就是一時被迷惑了心智吧。從那以後，我日夜受著折磨，再也不敢替活人看病。」

孫志忠持刀的手在劇烈顫抖。

「偶爾我會想，事情都過去那麼久了，程雪宜也會原諒我了吧？我盡守本分，打擊犯罪，以為這樣可以彌補過錯。可是違背良心殺人，是絕對無法獲得原諒的，我知道這一點，躺在這裡，等待即將到臨的死期。等一下我死了，解剖法醫會剖開我的身體，為我的一生一一定罪吧……不必弄髒你的手，我就要死了。」

孫志忠惡狠狠地舉起刀，像是不甘心不能親手血刃仇人那樣，猶豫著該不該刺下，而他的手剛舉上半空，就聽到江鑫大喊：「把刀放下！」

江鑫衝了進來，手裡端著槍，槍口對準孫志忠。

「把刀放下。」江鑫再說一次，這次語氣比較軟了。

孫志忠慢慢沉下手。江鑫以為孫志忠要束手就擒，正拿手銬接近，孫志忠就把水果刀抵在自己的脖子上。

「不要這樣！隊長！」江鑫大叫。

「七年了，我痛苦了七年。一想到自己為了調查雪宜的死而收受賄賂，我就恨不得殺死所有人！」孫志忠說，「這七年，我辜負了身為警察的驕傲，一直在計畫要殺掉所有害死雪宜的人。」

江鑫打算拖延時間，便順著孫志忠的話題去講，想在過程中找機會奪刀。

「你是怎麼發現程雪宜的死亡真相？」江鑫問。

「那陣子雪宜經常傾訴她被有權者警告，她太有正義感了，我想勸她別那麼傻，但看到她眼睛裡為了信念閃閃發光的樣子，又覺得我應該支持她。雪宜莫名其妙出車禍的時候，我就知道是誰害的，可是我手上沒有證據。後來，我從那些感染病毒而死的軍人身上下手。」

「我記得當初所有受感染的屍體都被火化了。」

「不是全部，有兩具屍體被送到新晴生技的實驗室。我知道那間生技公司一定是想從屍體裡殘留的病毒裡獲取一些什麼。我開始想辦法混入新晴生技，沒想到那裡保全太過嚴格，我花了好幾年，才終於找到一絲漏洞。」

新晴生技是李武擎那邊負責調查的，雖然知道這間生技公司和病毒脫離不了關係，卻沒想到竟是主要研發病毒的罪魁禍首。

江鑫接著問：「你混入新晴拿到他們擅自研發病毒的證據，為什麼不直接對外公開？你也知道是誰設計殺害程雪宜了吧？你沒必要動用私刑啊！」

孫志忠望著他，嘆息道：「小江啊，我希望將來不管發生什麼，你一定都要保有這份信念。」說完，孫志忠自刎。整個人倒了下來。

「不！不行！」

江鑫衝過去，左手立刻替孫志忠脖子上的傷口加壓，右手則拿手機找救護車。

孫志忠體內熱燙的鮮血，不停從江鑫指縫流出。江鑫情緒緊繃，望著孫志忠逐漸迷離的雙眼，江鑫終於決定狠下心。

「你還有共犯吧？在我接到犯人來電時，你都在我旁邊，是誰代替你發言的？」

孫志忠艱難地開口道：「放過她……她沒……有……錯……」

在救護車抵達前，孫志忠就斷氣了。他精準地割斷自己的頸動脈，就像一刀割斷他此生的痛苦一樣。

而林振合也在不知不覺中心臟驟停。他的雙眼流出了紅色的淚。

8

小獵人帶他們從神石的位置再往北走，穿越一片樹林。地勢平緩，他們前進時並沒有耗費多少力氣，然而或許是連日來的心理煎熬，所有人的精神顯然都不是很好。

這次威廉也加入了探索的行列。原本李武擎是拒絕這位外國人同行，但威廉以他過去在各國古遺跡探索的經驗成功改變了李武擎的決定。

將近一小時後，小獵人在一處山洞前停下，他在洞口附近的岩壁上摸索，終於在一簇爬藤植物的後方找到他要的記號。

「我沒記錯，是這邊。」

唐聿湊過去看，深色的岩壁上刻著百步蛇極具特徵的三角頭型與蛇身紋路，約莫掌心大小。

確認過神廟入口的記號後，唐聿挺起背脊，說：「為免感染病毒，我們最好穿著防護衣進去。」

陳佩君、徐心汝與其他人守在外面。李武擎、唐聿、威廉三人穿妥防護衣後，由小獵人領頭，一行四人排成一列依序進入山洞。

倘若有空間幽閉症的人，肯定無法容許自己待在這種空間忽大忽小的走道。他們走了十多分鐘，靠著小獵人辨識岔道的記號，終於抵達神廟的中心。

「就是這裡了，」小獵人說，「再往前去就是祭壇。」

他們站在這條通道的出口，張望著被稱為神廟的地方。

這裡光線陰暗，唯一的光源是在四個角落各自點燃的燭火。唐聿靠近看了看，燃燒的燭芯泡在扁圓形器皿裡，本以為芯繩是泡在油裡面，卻發現芯繩捆著一根根看似樹木的枯枝，而枯枝上竟滲出類似油脂的油亮液體。

威廉審視環境，「不會錯的，這裡看起來是泥漿房形成的洞穴，這也印證了我的推測。」

「泥漿房？」唐聿發問。

「火山在噴發的過程中，滾燙的泥漿在地底聚積，當火山停止運動，泥漿也跟著消退，留下了這處空洞。」

「你說印證推測又是怎麼一回事？」

「就是部落的石板屋。」威廉說：「石板屋的堆砌方式是非常神奇的，很多人分析石板屋的功能是冬暖夏涼，可以排放烹調的油煙之類的，但我認為石板屋最大的效用在於防震。當地震來臨，石板屋不容易倒塌。如果這個部落的先人是以防震為目的創造了石板屋，那麼地震又是哪裡來的？火山運動是最切合現實的假設！泥漿房的存在印證了我的理論！」

他們繼續前進，看見左右兩側堆滿了各種陶器，簡單估算一下可能有上百個，大小不一、造型各異，顏色也不盡相同。李武擎隨便挑了一個有蓋子的翻開來看，發現陶罐內裝著水。

「你知道嗎？聽說最優秀的陶器，儲存在裡面的水質可以保持上百年而不腐壞。」威廉說。

「嗯哼。」李武擎隨便應了一聲，語氣聽來不太信這個說法，但還是抽取陶器內的水當樣本。

「你們快來，我想我可能找到病源了。」唐聿說。

他們圓睜著眼看向前方。

「那是……人骨。」威廉像要化解沉默似地說道。

在祭壇的前方躺著一具完整的骨骸，破舊的衣物下是一具完整的白骨，其他較為零散的屍骨則在祭壇兩邊。有幾具穿著部落傳統服飾的屍體呈現乾癟的木乃伊狀，或許這裡曾經冒出火山的熱氣才導致屍體乾燥。

李武擎在那些木乃伊遺骸上面取樣。

小獵人說：「以前是由祭司在部落裡選出人來獻神。都是很久以前的事了。」

「活人祭並不罕見。」威廉以他的經驗說道，「甚至現在外面有很多部落都持續舉辦活人祭典。」

唐聿上前觀察祭壇，那張刻著幾何紋路的桌子非常乾淨，沒有一絲灰塵，這讓他起了疑心。祭壇的左右兩邊仍有四條通道，想來那些走道就是其他可以通往此處的其他入口。

「好了就快出去。」小獵人催促一般說道。

費尚峰在帳棚裡喝完今日份的藥草汁，苦澀的氣味在長年的習慣下反倒成了某種暗示，提示他今日也存活於世，沒被任何艱難打倒。

他擦了擦嘴角，將空瓶丟棄，感覺全身充滿力量。

走出帳棚，安置好的手機訊號阻斷器正發揮作用。他則與早已準備妥當的同夥五人一起往神廟的方向前進。

陳佩君一看到李武擎他們走出神廟，便想跑過去拿樣本，但跑了一步突然想到自己沒有防護裝備，不該擅自靠近，就又往回退，待在原地伸長脖子等待他們過來。

走出神廟的他們先接受全身消毒，之後才脫掉防護裝備。他們將採集到的樣本遞給陳佩君。

「拜託妳了。」

面對唐聿的請託，陳佩君相當專業地說道：「交給我吧。」徐心汝也立刻進行協助工作。

這時，眾人感覺腳下的土地劇烈晃動。李武擎下意識放低重心，聽見了遠方傳來山石崩落的聲音，茂盛的樹枝沙沙作響，鳥鳴大作。

「地震？」

「這幾個月總是如此。」小獵人說。

「以前沒有這麼頻繁。」

震動終於結束。實際上才幾秒鐘的時間，卻讓人感覺像過了幾分鐘。

「小獵人，能麻煩你回部落一趟？我想屏東警力應該到了，請你去跟他們會合。」李武擎說，「也請他們帶一些人去處理張昆輝的屍體。」

小獵人接受李武擎的請求，先回部落一趟。

9

他們吃了一些乾糧當作補充體力，就在這時，檢測病毒的結果也出來了。

陳佩君有些頭疼地說：「神廟的屍體上面有找到絲狀病毒，但不是這次爆發的病毒。」

「什麼意思？」唐聿問，「又有新的絲狀病毒出來了？」

徐心汝連忙搖頭，「不是啦，我剛剛也覺得奇怪所以有再檢查一次，有了一個結論，要怎麼說呢？嗯……簡單來說，你們找到的病毒樣本是原始樣本，這次爆發的病毒則是從原始版本變異而來的突變版。」

「你們可以看看。」陳佩君說。她展示了兩種病毒顯微鏡圖，指出絲狀病毒突變的部分。「就像伊波拉病毒一樣，在人傳人的過程中也會變異，病毒會變得更強悍、更具感染力。」

李武擎聽了之後提出假設，「妳說神廟屍體上的是原始病毒，就表示有人將這種病毒帶出去，在傳播的時候產生了突變？」

「有可能。」

唐聿對李武擎說：「費尚峰就是從這裡採集到病毒的？可是他怎麼會知道這個地方？」

陳佩君繼續說：「你們在神廟裡面有看到動物嗎？或者動物的殘骸、糞便之類的？」

李武擎和唐聿望向彼此，說神廟裡看不出有任何動物存在的跡象。威廉也搖頭說沒注意到。

「聽你們這麼說，其實我有個想法……」陳佩君謹慎說道：「一般來說，病毒在傳染過程中變異，或多或少都會傳出災情，尤其這個病毒的致死率太高，傳染力又強，不太可能被隱瞞，但我敢保證這是台灣第一次出現絲狀病毒。」
唐聿點頭附和，讓她繼續表達意見。
「在這之前沒有災情。沒有案例。沒有動物宿主的傳播。」她一一歸納條件，「我想現在就剩下一種可能了——病毒或許是在人體內產生變異的。」
「我不太明白。」唐聿說。
「我的假設是，當初病毒第一次爆發後，雖然造成很多人死亡，卻也有一部分的倖存者。那些倖存者身上擁有足以對抗病毒的基因，而且這種基因也遺傳下來，讓後來擁有這種基因的人都成了免疫者。」
「免疫者不會傳染病毒吧？」
「當然不會，但是不要忘了，免疫基因也是會產生遺傳變異的。在遺傳的過程中，任何基因都可能產生突變。免疫基因突變後再也無法維持原本安分的樣子而開始產生了傳染力。」
「這麼說，妳認為這次傳播絲狀病毒的帶原者……是人？」李武擎問。
陳佩君窘迫笑道：「我知道這種假設很大膽，但我覺得應該是這樣！李警官，小獵人不是說過嗎？以前部落有發生瘟疫。當初的免疫基因經由倖存者保留了下來，並在遺傳的過程中發生突變成為帶原者。帶原者自己是不會發病的，但他本身有傳染力，會將病毒傳染出去。」
她進一步說明，「如果你們願意再進去神廟一趟，取得病死的屍骸到實驗室進行分析，就能驗證到底是不是這樣了。當然，也會提取屍體上的病毒進行培養，順利的話就能製造出抗體。」
李武擎站了起來，「總之，把屍體帶出來就對了吧。」

陳佩君點頭。

「我——」

「你就留在這裡，」李武擎打斷唐聿，轉身拿取防護裝備，「威廉也不必跟著我。我自己一個人就夠了。」

正當李武擎預備穿戴防護裝備進入神廟，有個奇怪的聲音吸引了他們的注意。他們往旁邊一看，康力堯居然拿出槍，對準他們。

「啊！」徐心汝驚呼。

康力堯提著槍靠近，「你們沒必要再進去神廟了。」

10

槍口對準李武擎，康力堯指示他拿起繩子，「把他們的雙手反綁。別耍詐，不然你會後悔。」

李武擎忖度局勢。唐聿負傷，威廉一臉靠不住，陳佩君、徐心汝又沒有自保能力，黎海凡……算了，面對槍械，他沒有多餘選擇。他緩緩拾起地上的細子，按照康力堯所說將其他人的雙手反綁身後。最後康力堯則親自綁住李武擎。

不僅如此，康力堯更讓他們各自在樹下坐著，背後貼著樹幹，用繩子綁住胸口，完全控制了所有人的行動。

「我能問問現在是什麼狀況嗎？」威廉不怕死地開口提問，「你不是站在我們這一邊的嗎？」

康力堯高高睨著威廉。

「威廉，不要激怒對方。」唐聿低聲警告。

「你別亂搞啊！」黎海凡害怕小命不保，跟著對這位外國人使眼色。

威廉扁了扁嘴。

陳佩君緊張兮兮，徐心汝也是一臉快哭的樣子望著李武擎。

「不要輕舉妄動，我接到的命令只有阻止你們找到病毒而已，可是你們妨礙我的話，性命安全我就不敢保證了。」

康力堯並沒命令他們閉嘴，那過於漆黑的眼眸除了不定時監視他們的狀態外，並沒有透露出其他威脅。

李武擎悄悄嘗試自己是否可以掙脫身上的繩索。不行。接著他想附近有沒有武器可以利用，遺憾沒有找到合適的。

唐聿知道此刻李武擎鐵定在想辦法逃脫。他們之間離得比較遠，唐聿趁著康力堯沒注意，以眼神詢問李武擎下一步的盤算。李武擎搖頭。

唐聿視線回到康力堯身上，開始回想這一路上康力堯的舉動有何可疑之處。他為什麼突然綁架他們？康力堯是張昆輝的保鏢，張昆輝想收購新晴的研究資料失敗，莫非是想把病毒樣本拿回藥廠？

思索時，唐聿瞧見何函真的身影出現在李武擎後頭。何函真是殺害張昆輝的兇手，她突然出現在這裡，讓唐聿以為她要對李武擎不利，但她對唐聿比了個噤聲的手勢。唐聿立時按耐住想對李武擎示警的衝動，更出聲吸引康力堯的注意。

「你在等人嗎？」唐聿揚聲問。

康力堯的目光直直盯著唐聿。

「你在等誰？」唐聿又問。

「也許我該塞住你的嘴巴。」康力堯威脅。

「你想阻止我們做出病毒疫苗？說出你的目的！你到底懂不懂現在狀況有多嚴峻？」唐聿不畏懼康力堯的威嚇，「現在每浪費一秒，絲狀病毒的威脅就更靠近我們一步，到時候誰都不能倖免。」

康力堯順手拿了膠帶，走近唐聿。

「幹嘛？我不怕你！」唐聿大喊。

「你剛剛不是才叫我不要激怒對方？」威廉擔心唐聿。

就在康力堯撕了膠帶，彎下腰來靠近唐聿時，他像是察覺到什麼，陡然轉身。

何函真剛幫李武擎割斷了繩子。

康力堯端起槍，朝李武擎射了兩發子彈。李武擎閃了過去，沒有後退，反倒欺身上前，專門攻擊康力堯持槍的手腕。等康力堯閃身時，李武擎以身體左側為軸心，一腳踹飛了康力堯手上的槍。

康力堯武器脫手，隨後胸口迎擊李武擎砸來的一拳。

李武擎能感覺到腎上腺素飆升，每一拳都打在康力堯結實的軀體上，防禦與攻擊互相交替，直到他打中康力堯的肋骨，那片刻的停頓，讓他趁勝追擊揮出了一記完美的右鉤拳。

康力堯順著李武擎的力道倒地，側臉摔在凹凸不平的泥土地上，整個人正好在陳佩君的眼前。陳佩君驚慌叫了一聲，縮起雙腿。

康力堯雖然受了攻擊，但像沒事人一般，翻身站起，擺好備戰姿勢，與李武擎保持距離對峙。

「我說過了吧？不要妨礙我，不然我就殺了你。」康力堯說。說話的時候，他看見何函真也把其他人的繩子割斷了。可是面對李武擎，他沒有多餘心力阻止何函真。

「這裡、這裡！」黎海凡小聲催促何函真。

「有本事你就試試。」李武擎捏緊雙拳，死死盯著康力堯。

就在康力堯打算出拳時，有槍聲驟然響起。

雙方同時停止動作。

費尚峰現身了，他手裡拿著一把飄著煙硝的左輪手槍。他一出現，準備逃跑的其他人也跟著被其他打手包圍。

一見費尚峰，何函真立刻低著臉，低聲對李武擎說：「快跟我走！」

「我不走。我不能拋下……」

就在接觸到唐聿目光的瞬間，李武擎不再堅持。唐聿也要他先逃離這裡。李武擎跟著何函真往另一方向奔逃。

「快去給我追！」費尚峰皺眉大喊：「去把實驗體給我抓回來！」

他兩個手下跑了出去。

11

陳佩君聽到費尚峰嘴裡的「實驗體」三字，不禁感到非常震驚。

「你說的實驗體是指那位何函真小姐？」陳佩君問。

「何函真？」費尚峰呵呵笑了兩聲，「原來她用假身份啊。算了，無所謂，就算耍這些小花招，她也是逃不掉的。」

陳佩君才剛剛假設病毒在人體產生變異，沒想到眼下就可能會是假設成真的時刻。她忍不住問：「你真的用人體實驗，讓病毒在人體內產生變異？」

費尚峰一副高高在上的口吻，說：「看來妳很感興趣的樣子。我心情很好，和妳說說也沒關係——妳猜對了，我正是在觀察何函真體內病毒的變異情況。她的身體是非常美妙的容器，或許值得研究一輩子哪！」

「你怎麼可以……」原本想責備對方太不人道，但看著何函真的情況，卻又更好奇何函真為何在感染病毒後沒有死亡。「病毒是如何在何函真身體內變異的？你做了什麼？」

「不是我做了什麼，是神。」費尚峰神秘兮兮說道：「那是妳在實驗室研究一輩子也不會發現到的奧秘，是專屬於我們魯凱族人血液中的優勢。」

「你是魯凱族人？」威廉發出疑問。

「我還是魯凱族的祭司。」

陳佩君也愣住了，「難道你說何小姐就是病毒的帶原體？」

「妳腦筋轉得很快。」

「沒想到世上竟然會有人體可以攜帶絲狀病毒。」徐心汝訝然低語。

「那麼病毒的變異呢？」陳佩君繼續提問：「你如何迫使她體內的病毒變異？普通人體機能不會有那樣劇烈的改變。輻射？藥物？」

「不再多猜一點？」

陳佩君默然盯著費尚峰。

他於是開口說：「女人比男人多了一種有可能改變體質的方法。」

「……莫非！」陳佩君像是想到了，「你讓她懷孕？」

「妳猜對了。」

「那她的小孩呢？」

「沒用的東西我都丟掉了。」

陳佩君瞬間朝費尚峰撲了過去，但她的力氣根本比不上男人。費尚峰重重一巴掌，陳佩君就陷入了短暫的昏厥。

「組長！組長！」徐心汝拍打陳佩君的肩膀。她知道陳佩君以前曾流產過，大概是因為這樣，才會對費尚峰的話過於激動。

「別對女人動手！」唐聿挺身而出。

「你們都看過病毒的樣子了吧！」費尚峰說：「它是不是像極了一條一條的蛇？我們部落尊崇百步蛇，而這沉寂在血液中的病毒就是族裡珍貴的寶物。病毒爆發的時候，你們所有人都逃不掉的，全都是我們的獵物！」

「你少作夢了。」唐聿打擊費尚峰。

「你就等著看吧！」

費尚峰用手指比著唐聿，指尖又挪到威廉身上，對他的手下命令說：「把這兩個人抓進神廟，其他的綁起來。」

12

李武擎跟著何函真躲進了林子裡。他們身後有兩個持槍的人在追。

他們分別找了掩護，在那兩人靠近時，一對一進行偷襲。

李武擎一下子就從對方的身後扼住了他的咽喉。那壯漢掙扎一會兒，就因為缺氧而倒地。何函真偷偷絆倒了另一個人，打算反剪他的雙手，沒想到那人掙脫開來，狠狠踹了何函真一腳。

何函真捧著肚子，頓時感覺內臟收縮，幾乎要難受得全身痙攣，幸好李武擎馬上趕來幫了她一把。

李武擎伸出手，本想拉她起來。但何函真沒有接受這份好意。

她自己站了起來，拍拍身上的泥屑，對李武擎說：「不要太靠近我，我身上有病毒。」

起初李武擎還不懂她的意思，「妳被感染了？」

「我就是帶原者。」何函真很冷靜地說道：「我還想告訴你，那天半夜是我殺了張昆輝。」

「我知道妳是犯人。動機呢？」

「那天半夜，張昆輝跟蹤我，他知道我是誰，也知道我從新晴實驗室逃跑。他要我加入他們藥廠的研究工作，我拒絕之後，他就想綁架我。」

「等一下，」李武擎問，「妳從新晴實驗室逃跑是什麼意思？」

「我一直被關在實驗室裡，他們觀察我體內的病毒會變化成什麼樣子。前幾天，有個人救我出去，我才終於逃脫。」

「誰救了妳？」

「抱歉我不能說。」

李武擎也不追問。「那麼，昨夜張昆輝想綁架妳，卻反而被妳殺害，是這樣嗎？」

「我懂得一些保護自己的技巧。我的爸爸是族裡的獵人，他雖然沒有教我狩獵，但教我大哥的時候，我有偷學一點。」

「妳為什麼要把張昆輝的現場佈置成那樣子？」

「那時候，張昆輝還沒死，只是被我打暈。我原本想離開的，可是我覺得他大概會像費尚峰一樣，繼續傷害部落吧，所以我就……我希望讓族裡的人知道，張昆輝不是個好人。」

「我知道了，」李武擎說，「張昆輝命案的事實目前算是大致了解了。現在下一個問題，妳幫助我的目的是什麼？」

「費尚峰想利用神廟的瘟疫做出很可怕的事！我自己一個人阻擋不了他。」

何函真說出她的希望，末了，她把脖子上的一條項鍊交給李武擎。

那條項鍊的皮革鍊條上纏著一塊破碎的陶片。

「小獵人很相信你，那我也相信你。」何函真請托道：「我希望，你能讓這延長了百年的惡夢終結。」

13

我懷孕了。

妊娠期間充滿了不安與焦躁，這是我從未經歷過的事，甚至從未有人告訴過我懷孕是如何造成的。我望著肚子一天一天變大而不知所措，直到他們為我找了電視影片，解說何謂懷孕，我才意識到自己的肚子裡即將誕生一個小生命。

數月後，分娩開始了。我感覺到體內的陣痛，強烈侵襲我的感知。我無法分辨這種痛楚，然後我昏了過去。醒來的時候，只剩下肚皮上一條傷疤。

那個被稱為費教授的男人待在我床邊，對我說：「很遺憾，孩子死了。」

「死了？」

「心臟瓣膜發育不完整，撐沒多久就死了。」他說，「希望妳好好調養身體。我還期待著第二胎呢。」

我失神地聽著他的話。

從那之後，無止盡的折磨便開始了，儘管食物美味充足，我吃不出半點味道。我畏懼那個男人現身。莫名其妙第二次懷孕流產時，我幾乎崩潰。

他照樣站在我的床邊，這次他拿著死胎的照片給我看。他說那是我和大哥的孩子，我們兄妹的結合會誕生這個世界最神奇的基因。

病毒的突變基因。

沙布拉的免疫基因，在和他的妹妹莎瓏結合後，終於在一代代的遺傳下產生了帶原者，那就是我和大哥。而我們兩人的基因結合時則會再度突變，成為無敵的基因序列，其後無論病毒突變再多次也可完全免疫。

他想利用他心目中完美的基因序列達到消除異己的心願，屆時，沒有魯凱族基因的人都會被病毒感染致死。

我無法認同他的想法。儘管如此，我也無法逃出這個牢籠。這時候我發現我的身體內部再次擁有了一道微弱的脈動。

這時候，有人來救了我。

第五章

1

——一九六七年，巴魯谷安

庫贊第一次看見聖光，是在他五歲的時候。

如同老祭司所說，唯有經受住痛苦的人才有資格目睹這一幕：長年圍繞在此的雲霧陡然消散，祖靈的形影越過牛樟與鐵杉交織而成的樹海，極盡炫目的降臨。

一股極端畏懼的心情在體內蔓延，庫贊不由得瞇起了眼睛，感覺手腳都在發抖。

「跪下吧，孩子。我為你感到驕傲。」老祭司在他身邊慈愛地說，庫贊便知道自己通過了考驗。

庫贊竭盡所能地將身體趴伏在地，腦海一片空白，無暇思考，只能感受這海拔兩千多公尺的高山上寒意漸消，剩下奇妙的暖意充盈指尖。

聖地巴魯谷安是族人靈魂安棲之地，祖靈會接納良善的靈魂到此，將邪惡的靈魂驅逐到隘寮北溪的溪谷成為飄盪無依的孤魂。族人們都相信靈魂不滅，為了死後能來到巴魯谷安，無一不戰戰兢兢、恪守己職。

庫贊未曾貪求此行能夠看見祖靈顯靈。其餘來到聖地巴魯谷安的兩人，皆已倒地哀嚎。他們雙眼失焦地瞪著半空，宛若信仰不堅的靈魂遭到懲罰。庫贊知道那些比自己年長的族人並未如他一般獲得榮耀——在這一刻，他成了祭司的繼任者。唯一的繼任者。

察覺有道溫和的力氣拍上肩頭，庫贊才敢抬頭。略帶濕意的眼眶中，庫贊看見淡金色的光芒背景中，祖靈的身影欺近，探手撫摸他的臉頰。
時間似乎戛然靜止。剎那即為永恆。
瞬間，庫贊難以抑止地流下淚來。
祖靈的身影在淚水滑落臉頰的同時消散。猶如關閉了神聖的道路，周遭厚重的白色水霧再度聚攏上來，徒留一縷幽微的光。庫贊有好一會兒只是失神地望著天空，直到老祭司盛了一碗水要他喝下。
庫贊低頭啜飲，水一沾唇才發現自己渴得厲害，但這趟路途剩下的清水已經所剩無幾。庫贊壓抑著解渴的念頭，手指不經意觸碰古老陶碗上幾何圖樣的刻紋。
這只碗殘留著某種藥草的氣味，異常苦澀。不久前他和另外兩人都飲下同一碗藥草汁。庫贊還記得藥草汁入喉的味道，甚至覺得藥草的種子在他的喉嚨深處紮根。其他兩人大概無法抵抗喝下藥草汁後所帶來的痛苦，迷失了心智，因此錯失成為祭司的資格，不僅如此，他們餘下的生命將會就此留在巴魯谷安，成為獻神的祭品。想到這裡，庫贊不由得又吞了吞口水，默然聽著那兩人的呼吸聲變得微弱。
祭司是族裡至高無上的終身職，想要擁有這個頭銜，勢必得付出代價。庫贊再度意識到自己剛剛接下的使命多麼重大，儘管他是利用卑賤的族名才存活下來。
從某年開始，祭司候選者都繼承了庫贊這個名字，因為擔任祭司的人彷彿受到詛咒般在壯年時期就會死去，輪到他時，老祭司照例將昔日使用過的姓名傳遞給他。「庫贊」在族語中代表粗劣的米糠，用如此卑微的名字命名，以此祈求神靈饒過一命。或許是這個名字感動了神靈，庫贊此後沒生過一次病。

庫贊知道這件事後，尤為敬愛老祭司，這次也鼓起勇氣懇求老祭司給予機會，讓他來到巴魯谷安和其他兩位候選人競爭。

這一夜即將過去，前夜堆積的柴火泰半化為灰燼。庫贊讓自己盡量正坐，看著老祭司跪在祭台前進行最後的禱告。

祭台的前方有一棵樹齡上千的古樹，樹幹粗壯，卻沒有茂盛的枝葉。它就是祖靈與山神的憑依，軀幹會流出琥珀色的油狀液體，彷彿松脂一般。祭台上用做蠟燭的正是這種油，現在經過一夜，它也即將燒盡。

老祭司垂下肩膀，望著燭火熄滅，似乎是禱告結束了。老祭司轉過身來面對他。庫贊觀察老祭司的動作，當作身為繼任者的責任。

這時候寂靜的空間裡傳來灰林鴞的鳴叫。這聲鳴叫代表黎明將近。

「孩子啊，我現在要跟你說一件很重要的事。」老祭司沉厚的聲音驅散了寂靜。「是有關我們先祖代代流傳下來一個封印。」

庫贊點頭，凝望著老祭司。「是什麼呢？」

「在我們部落的西北方，封印著瘟疫之風。」老祭司的聲音低沉清晰，彷彿每個字都主動鑽到庫贊的耳朵裡。「事情是忽然發生的，從日落點颳起的瘟疫之風讓我們的先人們生病。他們臉上長出黑色膿泡，猶如鬼臉，蔓延到全身後，會發高燒死去。這場瘟疫一度蔓延到全村人，直到守護神將其封印。」

儘管仍未了解瘟疫二字所代表的意義，但下意識從字裡行間推敲出的解釋讓庫贊來了興趣，忙問：「守護神是怎麼做的呢？」

「守護神利用神石鎮住了瘟疫之風的洞口，並舉辦隔離祭拜，這才讓瘟疫之風逐漸平息。」

「神石？」

「是的，神石就在我們部落的西北方，到現在我們仍必須定期祭拜，才能避免瘟疫之風不再來襲。」

聽了老祭司的話，庫贊不知想到了什麼，忽然困惑地扭著眉毛。「您說我們是受到神靈祝福的人，為什麼上天還要降下瘟疫？如果我們都生病了該怎麼辦？」

庫贊發現老祭司的臉色變得慘白，數度想開口說話卻又閉上嘴，僅是望著琥珀色液體燃燒殆盡的殘痕。

「孩子，你以後也會認知到的……」

庫贊看著滿臉悲傷的老祭司，突然感覺這個充滿智慧的男人變得衰老不已。

「我們若有一天消失了，絕對與瘟疫、飢荒，或者洪水無關，而是在這個世界轉變的過程中，被文明的浪潮淹沒。那一天啊，遲早會來。」抬頭望著逐漸亮起的天空，老祭司難過地接著說：「我們會對自己原本擁有的一切越發冷淡，像被蟲蟻蛀蝕的樹木，自內心開始腐朽，繼而倒塌，腐壞，無可避免的消失。可是孩子啊，你要知道，在那天到來之前，我們的責任未盡。」

＊

老祭司死去的那天，天氣晴朗得讓人難以悲傷——庫贊正為老祭司下葬，腦海卻浮現了過去的事——儘管祭司有權向族人徵收糧食與錢財，但老祭司從未如此做。那一臉和藹的老人總是吃著簡便的飯菜，說著淡泊生活的言語。那副模樣興許是太愜意了，以致於庫贊從未料想過老祭司將會死去。

庫贊再度淪為孤獨的囚徒是在他十八歲。瀕死的老祭司努力思考到底還有什麼話沒交代，接著就在一抹滿足的笑容裡辭世了。庫贊直到現在仍不明白那抹笑容的意義，上天沒有垂憐部落，不僅將他們趕下山，甚至讓所有族人的生命束縛在金錢的桎梏裡。老祭司分明在很早以前就理解到古茶布安終有一日分崩離析，卻依然臣服於命運、露出淡然的笑容。

這一點，他實在無法理解。

因為夾雜了太多困惑，他離開了部落。反正離開部落的人那麼多，想來也不會有誰注意到他。他放棄了自己的族名，決定之後以身分證上略顯拗口的姓名展開生活。畢竟他再也不需要貶低自己來求取神的恩寵，他是個叫費尚峰的學生，在半工半讀的狀況下考上大學，下一步則是存錢整容，將自己偽裝在城市茫茫人群裡頭。

關於未來所有的步驟他都設想好了。

只有自己內心深處知曉，他在為復仇伺機而動。

就算經常會想起老祭司的勸誡，想起那老人訴說命運的不可抗性，但他始終無法苟同。在他離鄉背井的許多年，旁觀部落從隘寮溪被暫時安置到軍人營區，又從營區被挪到瑪家農場，幾經輾轉，受盡冷暖。這讓他一直在想：這就是部落要的嗎？

禮納里是一個被世俗化的虛偽之地。開幕那天，族人被要求穿上所謂的「傳統服飾」出席剪綵典禮。那些與古茶布安無關的人在高歌自己的成就，裝模作樣灑了一把不知從何處挖來的土。那之後再度要求住戶們彩繪自己的房子，且務必要與「原住民意象」有關。

哈，這一切實在可笑得他都要哭了。

最可笑的是族人們的自尊在被迫冠上「災民」兩字時，他們竟無力反抗，反倒深深自省自我罪惡，認為一定是哪裡惹怒了神。

費尚峰厭惡族人們的軟弱，厭惡那種忠貞的信仰。如果神的存在真可以撫平內心的痛苦，那麼何必哭泣？何必不甘？對神的祭祀全在於求取一份曖昧不清的同情，好像只要安安穩穩的，就能忽略被壓榨的事實。

這是錯的。

委曲求全是錯的。

將所有罪惡往自己身上攬，對旁人施加而來的苦痛逆來順受，當作贖罪或者試煉，拼了命說服自己接受，這種想法有多麼荒唐——他就是要證明這個。

費尚峰知悉從過去開始，他們的先祖就不曾放棄過古茶布安。

為此他是揭竿復仇的第一人，汲汲營營到現在數十年了，他終於看見復仇計畫的曙光。

只要是能推動計畫，他才不在乎帶來多少犧牲。革命需要祭品，完整的復仇需要道具，費尚峰認為沙布拉的後裔才是上天垂憐的最大證據。他們身上有他要找的特定基因，用以培育疫苗，可以觸發族人身上才有的變異基因，誘發免疫反應，抵抗瘟疫的病源。一旦瘟疫興起，除了具有魯凱族血統的人能存活外，其他人都會被感染疫病而死。

再沒有任何攻擊比瘟疫要令人畏懼。

瘟疫才是神靈賜予古茶布安最大的贈禮，從前，瘟疫興起時，在先祖的身上灑下了抵抗的種子，產生變異基因，這變異基因潛伏在魯凱人的血液裡，一代代遺傳，等著有一天瘟疫再度來臨時發揮它的神祕力量……啊，多麼美好啊，費尚峰心想，睽違已久的這個時刻，絕不能讓人破壞。

2

唐聿仍沒放棄脫逃的想法，他說服自己保持冷靜，得想個兩全其美的辦法讓自己和威廉全身而退，然而不知是否是越來越接近神廟中心的關係，他的心臟跳得無比劇烈，似乎很害怕絲狀病毒就這麼滲進他的身體裡。

威廉注意到唐聿的異狀，忍不住說道：「沒想到來台灣這一趟會這麼刺激！如果我們真的死在這裡，應該也是一種緣分吧！」

「別傻了。」唐聿受不了外國人這種奇妙的樂觀與浪漫。

他們移動得很快，不到十分鐘就來到神廟祭壇前。但費尚峰沒有停下，他們從祭壇右側的通道拐進去。唐聿這才發現原來這個入口不是另一條通道，而是連接著一間牢房。

費尚峰打開鐵門，讓他的手下將唐聿與威廉兩人送進去。等兩人被推到牢房裡，費尚峰便將門鎖上，透過鐵門上方的條狀縫隙看著裡面。

唐聿衝到鐵門前，「你知道我們是警察還敢這樣做！」

「警察算什麼？」費尚峰嗤笑道：「再過不久你們都會變成腐爛的肉塊。你現在可以利用人生最後的時間祈禱等一下死的時候不要太痛苦。」

「什麼意思？」

「你等等就會知道了。」費尚峰看了看時間，嘴角勾起一抹賊笑。

威廉這時候擰起了眉，戒備地看了看牢房四周後，忙對唐聿說：「唐聿！不妙了！」

唐聿回頭，「怎麼了？」

「你聞聞。」威廉在空中嗅了嗅，又連忙阻止唐聿，「別深呼吸！有沒有聞到類似硫磺的氣味？」

唐聿有些緊張地吸了吸空氣，卻沒有聞到威廉所說的硫磺味，他知道自己太焦慮了，這份焦慮阻礙了他的感官。

「是嗎？已經開始了呀！」費尚峰滿意地望著威廉的反應。

威廉忽然打了個響指，「我懂了。我知道你在搞什麼東西了。」他轉向唐聿說：「不要太緊張，唐聿，試著讓自己放緩呼吸。」

然而唐聿卻一反常態失去了沉著的態度，肩膀顫抖，低著頭望著自己的腳尖。

威廉知道唐聿不對勁了，他趕緊托起唐聿的臉，果然看見唐聿逐漸放大的瞳孔。「唐聿！」他喊，「Listen to me!你聽我說！」

唐聿呼吸雜亂，失焦的視線緩緩來到威廉的藍色瞳孔。

「這裡是泥漿房，雖然火山泥已經消退很久，但恐怕地下的火山仍然保持活動頻率。」威廉對唐聿解釋，「現在火山活動加劇，火山氣體從地下冒出來，是這些有毒氣體打亂了你的呼吸，想奪走你體內的氧氣！」

費尚峰哼了一聲，「你懂得很多嘛，可惜也沒其他用處了。」

威廉不管費尚峰的冷嘲熱諷，他試著喚回唐聿的注意力，「別害怕！放鬆自己。我們還有時間。」

「沒有時間了！傻子。」費尚峰笑道。

「省省你這種無聊的把戲！」威廉怒叱道：「靠著有毒氣體誆騙大眾，在他們意識不清的時候進行洗腦，讓他們相信你展現的神蹟，這實在太可笑了！我在國外看過太多這種虛偽的神職者，沒想到你也是。你是這個部落的祭司對吧？祭司就是部落的神職，應該要堅守上天的恩賜好好守護民眾才對。引發災禍到來，你不應該這麼做的，真令人遺憾。」

「你住口！」費尚峰氣得用力拍了鐵門。

在牢房內激起的噪音，驚嚇到唐聿，使唐聿瀕臨渙散的精神更加不安定。他蹲坐在牆角，兩手摀著雙耳，好像在和某種聲音抗衡。

「……爸……爸爸……」

威廉聽見唐聿的碎語。

「不要過來……不是……不是我的錯……爸……」

威廉看見唐聿的雙手慌亂地掙動。

這樣下去不行。威廉拉住唐聿的手腕，說：「不管你看到什麼那都是假的！唐聿！都是假的，都是謊言！不要相信！」

威廉還想繼續安撫唐聿，無奈剛蹲下身，也感覺自己眼前的景色扭曲了一下。他用力甩了甩腦袋，勉強恢復神智的瞬間，聽見有人大喊了一聲：「別動！」

李武擎到了。他拿了敵人遺留的左輪手槍，威嚇費尚峰與兩名同夥束手就擒。那兩個壯漢也不是沒帶槍，只是心知掏槍的瞬間會給對方可乘之機，所以他們都沒有動。

費尚峰冷冷睇著李武擎，低喃道：「果然和聽說的一樣很難纏啊，李警官。但我很高興你在這裡，我就是希望你來見證這一刻，才特意告訴你病毒在舊好茶這個位置。」

「誰指使你這麼做的？」

「你猜？」

李武擎沒聽漏費尚峰的揶揄，聽得出費尚峰身後還有個主使，大概就是與祕密帳戶關係密切的主管？幹部？稱謂隨便都好，費尚峰只是祕密帳戶計畫的執行人，掌管眾多項目的管理者另有其人。

「把唐聿他們放了！」李武擎命令道。

「恕難從命。」費尚峰說。

李武擎緩慢地靠近著，「我知道你是聽命於人。你把主導這場鬧劇的人供出來，我和檢察官商量減低你的罪刑。」

「聽起來真是不錯的交易！」費尚峰笑了笑，「不如你再過來一點，我偷偷告訴你你想要的情報，如何？」

這種明顯帶有陷阱的言語，李武擎是絕對不會聽的，然而不知為何，他竟踏出了那一步。等他意識到自己犯了錯已經來不及了，眼前兩名壯漢的手槍已經對準了他。

砰！

槍聲在神廟裡迴盪。

有一槍掃過李武擎的肩膀。李武擎肩膀吃痛，也不避讓，跑過去先用槍托制伏其中一名壯漢。另一個人想支援，來不及反應，就被躲在暗處的何函真偷襲，重物砸中後腦，登時陷入昏迷。

「兩個沒用的東西！」費尚峰罵了一聲，惡狠狠瞪著以蹣跚步履現身的何函真。

何函真拿了祭壇上祭祀用的小刀。

「別殺費尚峰！」李武擎搶先說，「我要拿他歸案。」

「他總會有辦法逃脫，」何函真說，「只要人類貪婪的天性還存在，像他這種人就永遠有利用價值，永遠能狡詐的拿到免死金牌。」

「不管妳怎麼說，我還是要帶走他！」李武擎堅持。正說話時，他頓感一陣恍惚。

何函真注意到了，「你們快走吧，神廟裡有毒氣，普通人是撐不下去的。」

「我看妳和費尚峰都沒事。」李武擎跑向牢房，開門。

「我對這個毒氣免疫，至於他嘛……」何函真盯緊費尚峰，「是服用了某種藥草吧？沙布拉留下的記錄裡，寫過他推測承襲祭司的人都曾長期服用某種藥草，那種藥草可以使你們體內產生一定程度的抗體。這也是沙布拉認為他才是真正有資格擔任祭司的人。你們這些騙子！把屬於我們家的一切還來！」

3

唐聿把臉埋在雙膝間哭泣。

年幼的他才剛從被父親毒打的困境裡脫身。他蜷縮在床上，拉緊床單，希望不勝酒力終於昏睡過去的父親不要醒來。

身體被鞭打的部分還在發疼。有那麼一段時間，他以為身上感覺到的炎熱是因為傷口發炎的關係，但熱度越來越高，他才終於抬起臉察看到底是為什麼。把頭昂起的瞬間，他看見全身著火、半張臉被燒爛的父親抓住他的手臂。

「啊——」唐聿驚叫，全身努力往後縮，手臂用力甩想甩開遭到灼傷的手。

著火的父親卻一點也沒有放過他的意思，被火燒融的嘴唇裡逸出唐聿的名字。

「唐聿啊、唐聿……你想燒死我，燒死你的爸爸！你這個沒良心的小雜種！」

唐聿急得哭出來，腦子浮現自己點燃瓦斯爐放火的同時，嘴裡卻否認自己的行為。然而他剛脫口說：「我沒有……」

「說謊！你說謊！」父親大罵。

唐聿看見父親身上的火沿著相觸的肌膚逐漸蔓延到自己身上。

「不要過來……不是……不是我的錯……爸！」

正以為弱小的自己也將被父親的火焰吞噬殆盡時，一隻曾遭火吻的手臂攬了過來，將他拉出烈火。

「唐聿！」手臂的主人正拼命喊他，「唐聿！你醒醒！」

唐聿漸漸睜開眼睛，看見了李武擎手臂上熟悉的、醜陋的傷痕。

「唔……李武擎？」

「不然咧？」李武擎用力敲了敲唐聿的腦袋，把人拉起來，「先憋氣，快跟我走！」

唐聿恍恍惚惚地被人拉著走，回頭一望，著火的父親被遺留在牢房裡，被鐵門關上。

唐聿和威廉被救走後，何函真考慮了李武擎的提議，決定將費尚峰交給警方。殺死張昆輝的觸感依然存在，血腥、油膩、充滿罪惡，雖然她真的很想將這個囚禁她的男人殺死，替爸爸和大哥報仇，但她終究沒這麼做。

她拿了繩索想將費尚峰捆起來，「放棄吧，你想利用瘟疫控制社會的計畫不會成功的。」

「妳真的要放棄這個大好機會嗎？妳應該知道我們被那些平地人壓榨多久，我們應該擁有更多的疆域，而不是隨他們高興到處遷徙！」

「那是因為我們能力不夠罷了，責怪別人的殘忍，是因為我們不夠堅強勇敢。」

「愚蠢！愚蠢至極！就因為你們一個一個都是這樣柔弱愚蠢的想法，我們部落才會被人看不起！多年前我離開的時候就是這樣，現在還是這樣！你們沉浸在虛假的和平裡，任他人剝奪，為什麼你們就甘心？」

在綁住費尚峰的雙手時，何函真聽見惡魔的細語。

「我知道你也是想改變部落的現況，但你的方法錯了。」何函真說。

「你們才大錯特錯！」

費尚峰還沒放棄。他知道今天不僅是部落每三年替神石獻祭的日子，也是部落長老們代代流傳瘟疫捲土重來的日子。

傳說總是帶了神奇色彩，然而只要仔細分析，就可以分辨真相。長老們的卜算，計算出今天休眠已久的火山將會復活，他們告誡後代要提早避難，要準備食糧。

「火山會爆發的，就是今天！」費尚峰叫喊著：「一旦火山爆發，那些毒氣會蔓延到平地，讓所有人淒慘地死去，唯一倖存的人，只有被神所眷顧的我們的血液！」

「火山不會爆發的，」何函真肯定地說：「你知道每三年之所以選出祭品到神廟來的真正理由嗎？」

「真正理由？」

「這是爸爸向我們說的，當年沙布拉在神廟醒來，也曾在神廟各通道尋找出口。沙布拉很聰明，他領悟到神廟與各通道的設計，就是為了確認火山是否會爆發才特意建造的。」

「祭品是為了祭祀瘟疫之神……」

「不！不僅如此。」何函真說，「神廟就像是地底下火山氣體的洩出口，如果那年祭品死亡，就代表神廟裡的毒氣再度積蓄起來，地底下的氣體有了宣泄的出口，自然就不會在其他地層爆炸。相反的，如果祭品沒死，就表示地底下可能有地層錯動，火山氣體有可能在其他地方大量膨脹。你懂嗎？祭司之所以需要能抵抗神廟的毒氣，是為了是在獻祭的隔天過來確認祭品是否存活。我們沒辦法感受到毒氣，但剛剛從那些人的狀況看來，今年神廟裡又再度充滿了毒氣，所以——」

「——謊言！全是謊言！」費尚峰怒道：「你們一家流浪在外，怎麼可能理解族裡的事！妳說的都是欺騙我的謊言！」
「你要這麼認為，我也無所謂。」何函真去拉費尚峰的繩子，「走吧！你要接受社會法律的制裁。」
「慢著！」費尚峰仍在做最後的掙扎，他急忙說：「妳以為妳把我交出去，他們就會放過妳嗎？妳是病毒帶原體，他們照樣會想辦法在妳身上做實驗，妳還不是逃脫不了？而且現在只有我能救妳！妳應該知道妳懷孕了，但那是死胎，原本我就已經安排要替妳做手術，沒想到前一天妳卻逃出去。現在只有我擁有妳足夠的稀有血液，只有我能救妳！」費尚峰的聲音越來越大，「妳要是不快動手術的話就會死！」
然而何函真卻沒有動搖，她低喃：「是嗎……」接著對費尚峰說：「我沒有改變心意，也不需要動手術。快走！」
「妳想死嗎？」費尚峰怒斥，接著在看到何函真堅定的神情後，理解到她內心深處的想法。「妳想尋死！」
「不必多說了。」
「可惡！」費尚峰著急了，忽然用力將她撞開。
何函真整個人撞倒在旁邊的陶甕上面，她手裡的小刀脫手，腦袋也擦撞到山壁。
何函真感到一陣暈眩。
費尚峰撿起那把小刀，刺進何函真的後背。
何函真哆嗦著轉過身，瞪著費尚峰倉皇的臉。那瞬間，她忽然覺得他們彼此都是可憐的人，都在試著讓自己的生活變好，只是慌不擇路。她拔出身上的小刀，一道鮮血濺出，灑滿殘破的陶甕。

費尚峰沒放過這個機會，他轉身就跑，想從神廟其他通道逃匿。可惜外面的警力已經到了。那些全副武裝的警察衝進來，將他上銬逮住。

4

何函真有些恍惚地站起，搖搖晃晃走出神廟。

外面警力聚集，正在收拾罪犯，想來是小獵人與警力會合後，立刻趕到這裡支援。李武擎也在照料唐聿的狀況，而疾管局的人則趁機保存病毒資料。

有時候儘管人多，卻沒有誰會注意到行單影隻的寂寞人影。他們都有自己在乎的事，而有些人總是被遺忘。

何函真望了一眼向晚的天空，默默一人往更北邊的地域前進。她走得有些緩慢，但未有遲疑。她就這樣走著，直到抵達這趟路程的終點。

她看見一棵巨樹，它的軀幹閃耀著奇妙的晶瑩光澤。何函真虛弱無力地靠在樹下，想起爸爸說過，他們死後靈魂將回歸聖地與聖樹相伴。在這裡，靈魂不用經受痛苦，不會悲傷流淚。

她終於到了。

她撫摸著樹幹，微笑，接著乏力倒下時，她感覺有個人抱住了她。

小獵人跟在她身後，就陪在她身邊，將她的頭靠在他的臂彎上。

「你知道我是誰嗎？」何函真輕輕地問。

小獵人點頭，「我知道了。」

何函真難受地張開嘴，「我一直很想回家……」

「妳現在回到家了。」小獵人溫柔地說。

「我……我不是故意的，殺人……我只是想保護部落。」

「我知道。我知道。」

「以前我如果難過的時候，就會想像這個地方……無憂無慮……」

「我們回家吧，孩子，我們族人都待在一起。」

「謝謝你……」何函真的手，輕撫著自己的肚子。「太好了，我們終於回家了。」

何函真閉上眼前，彷彿看見父母與大哥就站在旁邊。他們在微笑，伸出手想拉著她前往聖地。

小獵人細細望著何函真逝去生命的容顏，無聲啜泣。

5

薄暮時分。

走進這家西餐廳，外界的喧擾倏忽湮滅。尤富隆順著服務員的帶領入內，看見了以暖黃色為基調的裝潢。數十張寬敞的座位，沐浴在昏黃的光線裡仍交錯出漸層景深。一眼望去，那最靠近舞台的貴賓席上放著「預約席」的牌子。

舞台上，郭兆侖投以迷人的笑容。

尤富隆對郭兆侖身上穿的廚師服半身圍裙有些反感，他曾看過郭兆侖接受雜誌訪問的樣子，學成歸國的富二代，在台灣投資有成，開了三家分子料理餐廳，年收上億。可惜在尤富隆眼裡，郭兆侖不過是個嬌縱的小毛頭，還不知天高地厚。

服務員替他拉開座椅，旁邊的侍酒師沒有多問，直接替他斟好酒後便遠遠退開。

尤富隆盯著呈現在眼前的一切，露出的眼神既幹練又沉穩，也看見了郭兆侖特意搬上舞台的廚具。

「我沒時間看你搞這些花招。」他說。

郭兆侖的臉龐年輕卻蒼白，有一種涉世未深的淘氣氣質。「別這麼說嘛，尤先生，我可是為了招待你把全部預約的客人都趕走了。」

尤富隆一言不發。聽著郭兆侖繼續說：「現在是晚餐時間，人潮正多呢，歇業一晚上要賠很多錢的。」

「臨時把我叫到這裡來到底想做什麼？」尤富隆面無表情，平靜地說道：「若不是看在你父親的面子上，我根本懶得跟你打交道。」

「聽你這麼說還真是傷心……」郭兆侖苦笑，「不知道我親自下廚會不會挽回一點印象分數？」

尤富隆沒說話，他在觀望，深知急躁是大忌，不過最主要的原因是他隱約感覺到此行能有某些收穫。

兩人一陣沉默。這時候尤富隆可以聽見烤爐答答作響的計時。

「沒拒絕？那我就繼續囉！」郭兆侖咧嘴而笑，拿起手邊的平底鍋，倒入清水和蜂蜜一同加溫，接著將寒天粉灑入鍋裡，仔細攪拌，水滾後持續兩分鐘。「我準備了一道點心。」

「只有小鬼會把點心當正餐。」尤富隆冷冷說道。

「點心很好啊，」郭兆侖關火，將平底鍋放到旁邊的小風扇前吹涼。「高糖食物會刺激胰島素分泌，胰島素又會加速色氨酸進入細胞轉換成血清素，再進入腦中讓我們產生愉悅感。人嘛，經常保持快樂的情緒不是很好嗎？」

「拜你父親之賜。」

「哈，尤先生還真是嘴上不饒人哪！」郭兆侖拿了擠壓瓶吸取平底鍋內的蜂蜜汁，接著將蜂蜜汁一滴一滴注入裝滿低溫葵花油的容器裡。

那些蜂蜜汁在接觸葵花油的瞬間變成如同珍珠一樣的狀態，每一顆都緩緩沉入容器底部。

這時候，烤爐「叮」的一聲。

「時間配合得剛剛好耶。」

郭兆侖有些自賣自誇地說道。同時用漏杓將在葵花油內的蜂蜜珍珠撈起，再用清水洗去蜂蜜珍珠表面上多餘的油脂。下一步則是拿出烤爐內的半成品：一份卡門貝爾乳酪。

他將乳酪中間挖空，倒入蜂蜜珍珠，一副胸有成竹的模樣。站在舞台邊的服務員看見郭兆侖的眼色，隨即端起這盤點心來到尤富隆桌前。

「完成了，」郭兆侖脫下圍裙，來到尤富隆桌邊。「快開動吧！尤先生。這是我也很喜歡的烤乳酪。」

尤富隆似乎有些不情願，可還是執起湯杓挖了一口。他優雅地吞嚥，無聲咀嚼，整個畫面就像有些上了年紀的英國紳士，不忘禮儀。郭兆侖看得有些呆了，忍不住脫口道：「尤先生上過禮儀課嗎？還是留學過？我老爸常叫我多學學你，說你總是一臉精幹的樣子。」

尤富隆不為所動，拿起餐巾擦了擦嘴。「時間不早，有什麼事趕緊說。」

郭兆侖移動他的手，拿起桌上的酒杯，自己喝了一口。「你現在一定對梁家祥那老傢伙感覺很鬧心吧！」

「我有我的盤算。」

「好奇怪喔，明明你那麼聰明的樣子，卻一直和那些不懂禮貌的傢伙混在一塊，那些人都是流氓耶，只知道拿賺來的錢吃喝玩樂，完全不懂祕密計畫的宗旨，不是嗎？」

「總比自作聰明的人好。」

「唉……」郭兆侖一臉失望，「尤先生，把費尚峰給我吧。他的病毒基因研究太獨特了，我有更大的用處。如果你答應的話，我會馬上將他救出拘留所……」

「不了。」尤富隆果斷拒絕。「我已經有對策，不勞你費心。」

郭兆侖眼睫一瞇。「從以前開始我就這麼覺得了，尤先生你找來參與計畫的人不錯，但老是所託非人呢，毛仰祺也是、梁家祥也是，」他俯身湊近，低聲道：「——好久以前的黃泰奇也是。」

尤富隆淡淡道：「你要說的就這些？」他將餐巾放下，作勢要走。「我沒時間陪小鬼玩互相試探的遊戲。」

「哎唷，再等一下啦！」郭兆侖嘻嘻笑道：「我已經派人解決你的困擾，所以你可以再多坐一下。」

「你什麼意思？」

郭兆侖看了看時間，貌似喃喃自語：「我想時間也差不多了呢……」又轉而對尤富隆說：「沒關係，這完全是義務幫忙唷，尤先生稍後就能擺脫梁家祥那個廢物，很棒吧！」

「……」尤富隆謹慎地將怒意隱藏在心裡。

「我知道你原本也正在打算弄垮他，才故意讓新晴倒閉。我只是替你永絕後患。」

郭兆侖纖細的手指捏著桌上的絲絨桌布，那些小動作讓尤富隆感覺很反胃。

「你真的該去向你父親請教惹火長輩的下場。」尤富隆說。

「你生氣了？」郭兆侖歪著頭問：「為什麼？我解決問題的辦法不是更有效率嗎？」

「我要走了。」

尤富隆站起，轉身徑直往餐廳大門去。

郭兆侖望著尤富隆的背影，過了一會兒才大聲說：「尤先生！把你那份金鑰給我吧！」

尤富隆停住腳步。

「祕密帳戶的金鑰，你那一份！」稚氣的聲音仍在喊著：「我想要！」

那模樣好像在要求長輩買糖吃的小孩。尤富隆重新看著郭兆侖，「你知道你在說什麼嗎？」

「當然知道啊！我想要祕密帳戶嘛！」郭兆侖眉開眼笑，「想要得不得了！」

尤富隆露出嚴厲的眼神瞪著這個不知天高地厚的晚輩，卻似乎沒有起到恫嚇的作用。郭兆侖依然笑嘻嘻說道：「就算你現在不給我，之後你也會自己選擇給我的，為什麼不替我們都省省時間呢？」

尤富隆轉身而去，逕自結束這場對話。

6

一接到費尚峰被警察逮捕的消息，梁家祥氣得把一整張辦公桌都掀了。新晴生技的辦公室裡，其他員工都下班了，就剩他一個。幾分鐘前，林律師通知他先把存摺那些都收拾好，他要安排他到國外避避風頭。既然病毒疫苗的計畫告吹，無法達成郭兆命的命令，他的確是該遠走高飛才能保障生命安全。

梁家祥看了看時間，林律師已經晚到十分鐘了，這讓梁家祥漸漸不安起來，就在梁家祥猜測自己會不會被晃點了？林律師終於推門而入。

「你也太慢了吧！」梁家祥不耐煩地罵著。

「不好意思，路上塞車。」林律師笑了笑，「現在我們該上路了。請！」

林律師讓梁家祥先走。

梁家祥拿起行李包，邁步，渾然不知身後的人正預備致他於死。

林律師用繩子從身後勒住了梁家祥。當他離開的時候，梁家祥的屍體就吊在新晴生技大廳的水晶燈下，輕輕地搖晃。

7

李武擎走進病房。

早晨，唐聿正在瀏覽這天的早報。他分心看了李武擎一眼，視線又回到社會頭條身上，嘴裡抱怨道：「要探病，好歹也帶點慰問品來吧。」

「我也算半個病人耶。」李武擎坐在病床邊的椅子上。

「不是活蹦亂跳的嗎？我聽黎海凡說你又指派任務讓他到處跑腿。是在做什麼？」

「我覺得何函真被人利用了。」

「被誰？」

「還不知道。」李武擎回應，「我認為何函真是被算計過剛好能參與我們的行動，這讓她能混在我們的隊伍裡面找尋她的目標。」

費尚峰就是何函真的目標。據說是部落裡面許久之前就發生的紛爭。隨著何函真身死，只能等費尚峰仔細交代過才會有更進一步的說明。

「威廉那邊怎麼說？」李武擎問，「這次的波折會影響到世遺保護名單的審查嗎？」

「他也不確定。」

昨天威廉離開台灣前還特地來探病，可是唐聿覺得他快被威廉給吵死了。幸好在答應交換聯絡方式後，唐聿終於可以安靜地睡一覺。

「對了，梁家祥死了。新晴的職員一打卡進入辦公室就看見梁家祥吊死在裡面。」李武擎說。

唐聿放下報紙，指著社會版一角的新聞。「我看到了，很簡略的報導。自殺？就憑他那性格？」

「說是掏空公司資產被股東發現，無力償還債務選擇輕生。」

「我不信。」

「我也不信。」

他們都知道梁家祥是被人滅口，指使謀殺的兇手與祕密帳戶有關。

「秦檢察官怎麼說？」

「不要去管梁家祥，這次的自殺案做得無懈可擊。」李武擎照原話陳述。

「所以你決定放手？」唐聿挑眉問。

李武擎笑笑，「暫時的而已。」

「好吧。」唐聿重新拿起報紙閱讀。

翻頁。

將近一分鐘的時間，他們都選擇沉默。

唐聿似乎受不了了，再度放下報紙。「你要說什麼就快說！」

李武擎沒抬眼。他的視線停在某個點，像是凝視回憶。

「……徐心汝回台北前，問我要不要復合。」他終於開口，「當年徐心汝和我分手，離開我的時候，你知道我是什麼心情嗎？」

唐聿沒說話。他懂得李武擎不是在發問。

「我居然感覺自己變得輕鬆起來。」李武擎自嘲說道：「你能想像嗎？對我那麼好的女孩，反而被我傷害。可是我不覺得對不起她，反倒因為她離開我而感到有點高興。」

「不要說了，那不是真的。」唐聿阻止他。

他太瞭解這個作繭自縛的男人了。當李妍死去的時候，李武擎就用寂寞感懲罰自己，那是一種接近病態的自虐。

「我一點也不瞭解她，」自虐還在繼續，「我覺得……」

唐聿握緊了拳頭，正準備一拳揍醒他時，病房門打開，黎海凡走進來。

「哈，我走到腳都快斷了！先說好我不要……呃？」黎海凡抱怨到一半，一看見病房裡的怪氣氛就被迫中止，「我來的不是時候？」

「不，你來的正好。」唐聿說，「你拿著什麼？」

黎海凡自己找了個位置就坐，把資料遞過去。「他叫我拜託民間的鑑識實驗室去調查的報告。」

唐聿粗略的翻閱一下。「這是何函真身上的項鍊？」

「嗯。」李武擎把鑑識報告拿過去，看了看最底部的結果。「我要走了。」

「去哪？」

「去找亞茂建設的老闆聊聊天。」

8

未經允許闖入別人的辦公室是李武擎的拿手絕活。秘書才剛剛撥通內線電話，就看見李武擎闖了進去。

郭兆侖坐在會客沙發上似乎要泡茶的樣子。桌上的煮水壺正好發出煮沸的聲音。他一看見李武擎，便招呼他落座。

李武擎毫無客氣之意。儘管心裡感覺順著郭兆侖的步調走會很危險，他仍決定靜觀其變。

當客人就座，郭兆侖開始沖泡茶葉。

「你就是亞茂的負責人？」李武擎直接問了。

「沒錯！」相較李武擎隨意的態度，郭兆侖客氣遞上名片。「李警官，你知道茶要怎麼泡才會好喝嗎？」

李武擎往下瞥了一眼郭兆侖的泡茶工具，「一套好茶具？」

「茶具好壞當然也是一項主因。」

「所以這就是你的計畫？」李武擎把帶來的資料甩在桌上。

「這是什麼？」

「紫砂礦的鑑定資料。」

「哦？」

「在何函真身上一直戴著一塊碎片。我原本不知道它是什麼，直到檢驗出它的成分。再配合舊好茶的古傳說，我終於知道病毒一案原來不是表面看來那麼簡單。」

郭兆侖斟好了第一泡茶，「請用。」

李武擎沒動手，逕自說道：「何函真隨身攜帶那類似陶瓷碎片的飾品，是以前她的祖先沙布拉成為神石祭品時，在神廟裡拿出來的。那是他存活的證明，也是暗示祭司除了擁有部落裡崇高的地位外，也掌握著部落裡最重要的財富──紫砂礦脈。

部落裡有傳說，上好的陶壺裝水可千百年不腐。聽起來是很荒唐，直到我看見從神廟陶壺裡取樣的水質檢測，我終於相信是有可能的。這種高級陶壺正是由紫砂礦製成，只有頭目或長老可以使用。而為了保護礦脈，實際位置只有祭司知道。」

「茶要冷囉。」郭兆侖笑笑提醒。

李武擎繼續說：「絲狀病毒的風波，實際上只是為了你開採紫砂礦而打的掩護。你在知道紫砂礦的存在後，煽動費尚峰進行復仇，這麼做有兩個好處，第一，病毒的風聲會讓其他開發商對這座山卻步。第二，破壞了世界遺產保護計畫的施行。因為要是舊好茶成為成為遺產保護計畫的一員，那麼以舊好茶村為中心有很大的範圍都將納入環境保護的嚴格規範下，這樣你就不好動手了。對ＷＭＦ專員威廉動手也是同個道理，若預計施行世遺保護計畫的地點發生不可抗力的變故，ＷＭＦ就會以無法干預為由，不插手遺跡保存工作。」

「感覺你已經把我當作真兇啦。」郭兆侖露出無奈的笑意。

「我沒有冤枉你。亞茂原本是水泥業，可惜台灣的水泥開採量逐漸減少，加上總是有人高歌環境保護主義，這讓你不得不另闢蹊徑。」

郭兆侖微微點頭，「這樣聽起來，我真的好像應該如你所說才對呢。」

「我接受你的裝傻，畢竟我現在沒有證據。」李武擎起身。

「這就走了？」

「這地方讓我很不舒服。」李武擎直接轉身離開。

尾聲

李武擎離開後，郭兆侖辦公室旁邊的小房間房門就打開了。那裡是更隱密的會客室，桌上安放了擾頻器，保證對話絕對不會遭到竊聽。秦泯一從這間會客室裡走出來。

「你都聽到了？」郭兆侖饒有興致地問。

「聽得很清楚。」

「真的是非常有趣的人哎，我喜歡！」郭兆侖聞聞茶香，忽然激動說道：「我想看他驚慌無助的表情！想知道他發現真相時難堪煩惱的臉！」

秦泯一橫了他一眼，對他的興趣不予置評。

郭兆侖啜了一口茶，說：「對了，我記得有個叫黎海凡的……是不是該處理一下了？好像已經放任他在外面玩好久了。」

「差不多了。」秦泯一附和，「下星期那件命案的嫌疑人就會因為證據不足釋放。」

「太好了！」郭兆侖把珍貴的茶杯放回茶盤。他喜歡看它們成套的模樣，圓圓滿滿。他笑道：「再來一次，尤富隆的金鑰就是我的了！」

（全文完）

後記

首先，感謝所有購買這本書的讀者朋友，你們的閱讀與支持是我最大的力量泉源。

當初在書寫此系列第一集《沙瑪基的惡靈》時，無論書內或寫作時間都是二〇一四年，儘管現在已是二〇一八年，系列續集《古茶布安的獵物》的書內時間依然為二〇一四年喔！值得高興的是，舊好茶村的石板屋已入選WMF2016世界建築文物保護基金會的世界建築文物保護計畫名單，由此可見舊好茶的歷史價值文化是如此珍貴且值得關注。

舊好茶的傳說故事相當豐富精彩，為了小說閱讀的驚喜度，我有稍加增添了想像，總體來說，這是我以現實為基底而虛構出來的故事，或許有些看起來比較誇張，還請讀者朋友們見諒，違背了事實，也請見諒，但請知曉舊好茶村是個環境優美、足以令人讚嘆的部落，我衷心喜歡舊好茶並為其深深著迷。

這本書醞釀了很久，終於完稿，真是可喜可賀。在此，我感謝責編喬齊安先生多次允許我的拖延，給了我很多寶貴意見，使這部作品臻於完善，造成麻煩真是不好意思啊！我也相當感謝為這本作品擔任推薦撰寫評語的推薦人，你們的評語讓這本作品更有吸引力。我感謝出版社的美編為此書設計如此特別的封面，我很喜歡，相當有蘊含。感謝出版社成書時，為此書付出時間與精力的人，有你們的幫助，才讓我內心的世界有舞台呈現在大家面前。

最後感謝我家人的支持、朋友的慰問、書友們的鼓勵與期待。
我相當期望接下來在新的故事與你們見面。

本著作聲明：本故事純屬虛構，未影射任何人事物，如有雷同實屬巧合。

沙棠

要推理55　PG2071

要有光
FIAT LUX

古茶布安的獵物

作　　者　　沙　棠
責任編輯　　喬齊安
圖文排版　　周妤靜
封面設計　　王嵩賀

出版策劃　　要有光
發 行 人　　宋政坤
法律顧問　　毛國樑　律師
印製發行　　秀威資訊科技股份有限公司
114台北市內湖區瑞光路76巷65號1樓
電話：+886-2-2796-3638　傳真：+886-2-2796-1377
http://www.showwe.com.tw
劃撥帳號　　19563868　戶名：秀威資訊科技股份有限公司
讀者服務信箱：service@showwe.com.tw
展售門市　　國家書店（松江門市）
104台北市中山區松江路209號1樓
電話：+886-2-2518-0207　傳真：+886-2-2518-0778
網路訂購　　秀威網路書店：https://store.showwe.tw
國家網路書店：https://www.govbooks.com.tw
總 經 銷　　聯合發行股份有限公司
231新北市新店區寶橋路235巷6弄6號4F
電話：+886-2-2917-8022　傳真：+886-2-2915-6275

出版日期　　2018年7月　BOD一版
定　　價　　320元

國家圖書館出版品預行編目

古茶布安的獵物 / 沙棠著. -- 一版. -- 臺北市 :
要有光, 2018.07
面 ; 公分. -- (要推理 ; 55)
BOD版
ISBN 978-986-96321-1-9(平裝)

857.81 107007266

讀者回函卡

感謝您購買本書，為提升服務品質，請填妥以下資料，將讀者回函卡直接寄回或傳真本公司，收到您的寶貴意見後，我們會收藏記錄及檢討，謝謝！
如您需要了解本公司最新出版書目、購書優惠或企劃活動，歡迎您上網查詢或下載相關資料：http:// www.showwe.com.tw

您購買的書名：________________________________

出生日期：________年________月________日

學歷：□高中（含）以下　□大專　□研究所（含）以上

職業：□製造業　□金融業　□資訊業　□軍警　□傳播業　□自由業
　　　□服務業　□公務員　□教職　□學生　□家管　□其它_____

購書地點：□網路書店　□實體書店　□書展　□郵購　□贈閱　□其他

您從何得知本書的消息？

□網路書店　□實體書店　□網路搜尋　□電子報　□書訊　□雜誌
□傳播媒體　□親友推薦　□網站推薦　□部落格　□其他__________

您對本書的評價：（請填代號　1.非常滿意　2.滿意　3.尚可　4.再改進）

封面設計____　版面編排____　內容____　文／譯筆____　價格____

讀完書後您覺得：

□很有收穫　□有收穫　□收穫不多　□沒收穫

對我們的建議：________________________________

____

____

____

請貼
郵票

11466
台北市內湖區瑞光路 76 巷 65 號 1 樓
秀威資訊科技股份有限公司 收
BOD 數位出版事業部

（請沿線對折寄回，謝謝！）

姓　　名：＿＿＿＿＿＿＿＿　年齡：＿＿＿＿　性別：□女　□男

郵遞區號：□□□□□

地　　址：＿＿＿＿＿＿＿＿＿＿＿＿＿＿＿＿

聯絡電話：(日) ＿＿＿＿＿＿＿＿ (夜) ＿＿＿＿＿＿＿＿

E-mail：＿＿＿＿＿＿＿＿＿＿＿＿＿＿＿＿